Paul Katsitis

Mykonos Crime 9

Die Maske

Paul Katsitis

Mykonos Crime 9
Die Maske
máska

Bisher erschienen in dieser Reihe:

Mykonos Crime 1 Die Bestie von Mykonos
Mykonos Crime 2 Rache
Mykonos Crime 3 Tattoo
Mykonos Crime 4 Der Drei-Sterne-Mord
Mykonos Crime 5 Inzest
Mykonos Crime 6 Skalpell
Mykonos Crime 7 Hass
Mykonos Crime 8 Sturm über Mykonos

Andere Mykonos-Bücher siehe Buchende

Impressum
Titelbild: istockphoto
Copyright Paul Katsitis 2019
ISBN 9783743101418
Herstellung und Verlag: BoD - Books on Demand GmbH, Norderstedt

Jeder Band behandelt einen abgeschlossenen Fall, sodass die Bände nicht in der Reihenfolge gelesen werden müssen.

Alle Bücher der Serie wurden in Griechenland gesetzt. Da griechische Setzer keine deutschen Fehler erkennen können, finden sich in dem Buch sicher mehr Fehler als in einem normalen Buch. Aber so bleiben wenigstens ein paar Euro in Griechenland.

Aus dem Griechischen übersetzt von Norbert Schneider

Alexandros Nikakis (früher Galis), 35, war leitender Kommissar auf Mykonos und ist verheiratet mit

Angelos Nikakis, 29, war Hauptkommissar in Thessaloniki.
Nach ihrem Kennenlernen beschlossen beide, den Dienst zu quittieren und auf Mykonos eine Bar zu eröffnen. Zugleich sind sie als Privatdetektive tätig. Seit wenigen Monaten ist Angelos auch Bürgermeister.

για A

Rakka

Abu Bakar saß zusammengekauert in einem Keller in Rakka. Oder besser gesagt: den Resten eines Kellers, denn die eine Seite war eingestürzt. Von dem Gebäude selber war ohnehin nichts mehr übrig. Eines der gefürchteten Sprengfässer der Assad-Luftwaffe hatte es dem Erdboden gleichgemacht.
Abu Bakar hatte Durst.
Wann habe ich das letzte Mal etwas gegessen? fragte er sich. Und welcher Tag war heute? Seit seiner Entdeckung war er in jeder Hinsicht orientierungslos. Nicht nur in Bezug auf alltägliche Dinge. Sein ganzes Leben schien sinnlos geworden.
Oh ja, er war mit Feuereifer in den Kampf gezogen. Für die gerechte Sache Allahs. Es war alternativlos. Er MUSSTE nach Rakka und seinen Brüdern im Kampf gegen den verderbten Westen und den gottlosen Assad helfen. Abu Bakar hatte zwar noch nie ein

Gewehr in der Hand gehabt – er war Biochemiker – aber schnell lernte er sein Geschäft. Ja, die ersten Leichen waren gewöhnungsbedürftig. Zerfetzte Leiber, Kinder ohne Gliedmaßen.
Aber wo gehobelt wird ...
Lange Zeit sah es aus, als würden sie siegen und den Gottesstaat als Modell exportieren können.
Dann kam die doppelte Ernüchterung, letzte Woche.
Plötzlich hörte man von außen Schüsse. Die Amerikaner oder Franzosen näherten sich seinem Gebäude. Hoffentlich halten sie das Haus für vollständig zerstört und sehen die Öffnung mit Gitterstäben nicht.
Seine Gedanken kehrten zurück zu letzter Woche.
Eines Abends wollte er seinen Kommandeur darum bitten, das Satellitentelefon benutzen zu dürfen, um seine Mutter anrufen zu können. Die Türe war nur angelehnt und er hörte seltsame, fast animalische Geräusche. Als er in den Raum trat, sah er seinen Vorgesetzten, wie er einen kleinen Jungen vergewaltigte. Und es war dem Mann auch vollkommen egal, dass ein Anderer ihn gesehen hat. Sein

Kommandeur zeigte keinerlei Reaktion: weder peinlich berührt, noch aggressiv.
Als wäre es nichts Besonderes.
Abu Bakar hingegen war wie betäubt. Die Rechtsprechung des IS war eindeutig: Scharia, hieß: Steinigung. Aber er fürchtete sich vor seinem Kommandeur und verdrängte das Erlebte. Ein einziger Sünder.
Zwei Tage später sollten er und sein Trupp einige LKWs begleiten und sichern. Als die Kolonne in Rakka eintraf und entladen wurde, platzte einer der Säcke.
Kokain. Er kannte es aus Kandahar.
Und es war eine ganze Kolonne, also eine Riesenmenge. Sie betrieben Drogenhandel in großem Stil. Da begriff Abu Bakar, dass es hier nicht um Allah oder den Islam ging. Eine Welt stürzte zusammen. Es zog ihm regelrecht die Beine weg.
Abu Bakar wollte weg. Aber wie soll man aus einer umzingelten Stadt fliehen?
So saß er nun in diesem Rattenloch und lauschte. Die Schritte kamen näher. Dann hörte er ein Rufen, als hätte man etwas entdeckt. Das Kellerfenster. Sie hatten es also nicht übersehen. Verflucht.

Abu Bakar drückte sich an die Wand. Die Stimmen waren nun ganz nah. Sie würden ihn entdecken.

In die Ecke. Ich muss in die Ecke. Wenn ich mich dort an die Wand presse, ist der Winkel für eine Schusswaffe zu steil.

Ich könnte überleben.

Abu Bakar zitterte.

Aus den Augenwinkeln sah er, wie etwas durch die Gitterstäbe geschoben wurde.

Er hielt es für ein Gewehr.

Aber es war ein Flammenwerfer.

Das Feuer raste auf ihn zu und traf ihn wie ein Keulenschlag. Abu Bakar schrie wie am Spieß. Die Hälfte des Gesichts und das linke Auge waren schlicht verdampft.

1

15 Monate später, 10 Seemeilen vor Mykonos

Der Kutter „Maria" verlangsamte seine Fahrt, dann wurden die Motoren abgestellt. Selbst aus nächster Nähe hätte man ihn für ein Fischerboot gehalten. Und zwar für ein älteres, denn die Farbe blätterte an manchen Stellen ab. Doch der etwas abgetakelte Look war künstlichen Ursprungs. Die Farbschicht wurde an vielen Stellen entfernt und mit Klarlack versehen. Die Aufbauten entsprachen denen eines Fischerkutters, hatten aber andere Funktionen. Die „Brücke" hatte hinten einen zusätzlichen Raum, der mit modernster Technik ausgestattet war. Das Sonar war nicht weiter auffällig, denn es gehört mittlerweile zur Grundausstattung der meisten Fischerboote. Die Zeiten, in denen Männer mit gegerbtem Gesicht – gezeichnet von Sonne und Meer – in ihren Schalluppen in See stachen, waren schon längst vorbei.

Unter Deck war alles vom Feinsten. Teakholz. Kajüte gab es keine, stattdessen eine Profi-küche, in der ein hochbezahlter Koch Speisen zubereitete. Halal natürlich.

Eines jedoch suchte man vergeblich: Spiegel.

Es gab lediglich entspiegeltes Glas.
Noch immer konnte Abu Bakar seinen eigenen Anblick nicht ertragen. Und so ging es auch allen Menschen, die er traf. In den Gesichtern konnte er den Ekel und das Entsetzen sehen. Dabei trug er eine Maske, die das halbe Gesicht bedeckte. Darunter war nichts mehr, was an ein menschliches Antlitz erinnerte.
Rakka.
Der Wendepunkt im Leben Abu Bakars. Er hatte sich im Keller eines ausgebombten Kellers versteckt. Doch die Amerikaner setzten bei Kellern Flammenwerfer ein. Und die flüssige Hölle traf ihn im Gesicht und ließ die rechte Hälfte regelrecht schmelzen.
Kurz darauf setzten die Schmerzen ein. Abu Bakar schrie stundenlang. Nicht, um auf sich aufmerksam zu machen. Es wäre ihm lieber gewesen, er wäre komplett verbrannt und verstorben. Stattdessen überlebte er. Und wurde von anderen IS-Kämpfern gefunden. Man brachte ihn in ein örtliches Krankenhaus. Ein Trümmerhaufen, in dem Hunderte von Menschen auf den Gängen lagen. Der Boden war durchgehend rot. Blut. Zwei Mal am Tag wurde es mit einem Schlauch hinausgespritzt.

Man hatte Abu Bakar in eine Ecke gelegt, nein, geworfen. Zum Sterben. Schmerzmittel gab es keine.

Es war ein Wunder, dass man ihn nicht bestohlen hatte. So besaß er noch seinen Beutel mit 500 Dollar, von denen er nie jemandem erzählt hatte. Er war ein gutbezahlter Biochemiker gewesen und dachte vor seinem Einsatz, es könne nicht schaden, etwas Kleingeld mitzunehmen.

Und es waren die Dollar, die ihm das Leben retteten. Ein „Pfleger" versorgte ihn gegen 100 Dollar mit Kokain und Antibiotika. Damit behandelte er sich selbst und bekam auch – gegen 100 weitere Dollar – ein sauberes Bett. In diesen Tagen begriff Abu Bakar, dass er in Zukunft nicht mehr an Allah, sondern an den Dollar glauben würde. Der hatte ihm geholfen. Und er wusste auch, wie er sich das Startkapital für sein weiteres Leben besorgen würde. Er gehörte zum Wachpersonal eines Schuppens, indem große Mengen Kokain lagerten. Niemandem würde es verdächtig erscheinen, wenn er auftauchen würde. Schließlich gehörte er zum Personal.

Und so gelangte er in den Besitz von so viel Kokain, dass er es noch tragen konnte und schlug sich in den Libanon durch. Über die grüne Grenze in den Bergen. In Beirut war es ein Leichtes, die Drogen an den Mann zu bringen. Damit war sei zukünftiges Berufsbild bestimmt.

Er war mehr als erfolgreich. Aber da war noch eine Sache: sein Gesicht.

Zwar gab man sich in Dubai größte Mühe, etwas Menschliches in die Kraterlandschaft zu bringen, aber es würde niemals mehr wieder nach einem Gesicht aussehen. So fertigte man eine Maske aus Silikon, die er wie eine Pappnase am Hinterkopf befestigen musste. Die Kante verlief mitten durchs Gesicht.

Doch eines hatte er schnell verstanden. Sein Aussehen erzeugte bei anderen nicht nur Ekel, sondern auch Angst.

In diesem Gewerbe nicht das Schlechteste.

2

Unter Deck befand sich auch eine Art Zelle. Ein Raum, schalldicht und mehrfach gesichert. Eine gute Entscheidung, ihn einbauen zu lassen, dachte Abu Bakar. Auf hoher See konnte man mit einem Gefangenen tun und lassen, was man wollte. An Land gab es immer Zuschauer, Nachbarn und besonders der Transport war immer heikel. Aber im Hafen jemand an Bord zu bringen, war kein Problem. Danach war das Opfer verloren.
Und das heutige Opfer war definitiv nicht mehr zu retten.
Abu Bakars Männer zogen den Mann an Deck. Er war nach zwei Tagen in der engen Kajüte, ohne Essen und Trinken, vollkommen kraftlos.
Der Mann war Dimitrios Fortunas. Einer von Abu Bakars Verteilern. Und der hatte noch ein zusätzliches Geschäft eröffnet, sein eigenes. Damit hatte er sein Todesurteil unterschrieben. Abu Bakar musste ein deutliches Zeichen setzen. Die folgenden Ereignisse wurden aufgenommen und per CD allen seinen „Außendienst-Mitarbeitern" kundgetan.
„Dimitrios, Dimitrios, wie dumm von dir", sagte Abu Bakar.

„Bitte, es war ein Fehler. Ich zahle dir alles zurück. Versprochen", flehte Fortunas.
„Sicher. Bezahlen wirst du. Jetzt."
Bakars Leute wussten, was folgt. Man hielt Dimitrios fest und einer zog den rechten Arm vom Körper weg. Bakar griff zur Machete und hackte den Arm ab. Es genügte ein Hieb. Dimitrios schrie nicht einmal. Er bevorzugte verständlicherweise die Ohnmacht. Aber das war Bakar als Signal an alle anderen zu schwach.
„Spritzt ihm Adrenalin und bindet den Arm ab!" Dimitrios sollte alles mitbekommen. Tatsächlich kam er wieder zu sich.
„An die Winde mit ihm!"
Dimitrios´ Gesicht schaffte es, noch mehr Entsetzen zu zeigen. Er ahnte, was kommt. Das Tuch, das den Arm abband, wurde entfernt. Das Blut schoss hinaus. Er wurde hochgezogen und ins Wasser hinabgelassen. Das Meer färbte sich rot.
Es dauerte keine Minute, bis die ersten Flossen zu sehen waren. Jungtiere, die in der Ägäis zu Tausenden leben.*
Während sich seine Leute abwandten, mit Ausnahme des Kameramannes, schaute Abu Bakar ungerührt zu.

Ich habe schon Schlimmeres erlebt, dachte er.
Dann ging er unter Deck und teilte dem Koch mit, was er zu speisen wünsche.

3

„Nein, Frau Sokrates, ich werde garantiert keinen Steg über das Bauloch legen lassen, nur damit Ihre verschissene Töle auf der anderen Seite ihr Geschäft verrichten kann. Von mir aus kann Mopsi in das Loch fallen und ich betoniere ihn persönlich ein", brüllte Bürgermeister Angelos Nikakis am Ende eines 20-Minuten-Gesprächs.

„Eines solchen Rüpel wie Sie wähle ich nicht mehr!"

„Das brauchen Sie auch nicht!"

Denn Angelos hatte schon vor Übernahme des Amtes klargestellt, dass er spätestens nach zwei Jahren den Posten für Richter Mantzaris räumen werde. Und dann wieder seiner eigentlichen Aufgabe nachgehen wird: als freiberuflicher Ermittler – zusammen mit seinem Mann Alex – Schwerverbrecher zu jagen.

Das jedenfalls kann ich, dachte Angelos. Das hier ist nur etwas für Masochisten.

Er beschloss, seinen Arbeitstag zu beenden, es war 15.00 Uhr – Frau Sokrates hatte ihm den Rest gegeben.

Zuhause in Ornos hate sich Alex an das Ritual gewöhnt, Wenn Angelos nach Hause kam, machte Alex Espresso und stellte ihn zur Begrüßung auf die Haustreppe, Angelos blickte dann aufs Meer, auf die Kitesurfer, die vor dem Haus der Herren Nikakis an der Innenbucht ihr Revier hatten. Es war Angelos´ Beruhigungs- und Nachdenkritual. Dazu gehörte auch, dass Alex ihn in Ruhe ließ. Schon gar nicht kam er mit Sätzen wie ‚Ich habe es dir gesagt' oder ‚Ich hatte recht'. Nicht ein einziges Mal. Es wäre auch unfair gewesen, denn Angelos´ Motive waren damals durchaus nachvollziehbar. Er wollte verhindern, dass ein Rechter Bürgermeister wurde und einige Dinge in Ordnung bringen, die von den Bürokraten über Jahre ignoriert wurden. Viele von ihnen hatten das Geld für Baumaßnahmen in die eigene Tasche umgeleitet.

„Angelos-mou. Bist du ansprechbar oder hat wieder die alte Schachtel wegen ihres Hundes angerufen?", fragte Alex vorsichtig. Angelos nickte und kam in die Küche.

„Du darfst mich immer ansprechen. Und ich bin dir dankbar, dass ich von dir noch nie ‚Ich habe es dir gesagt' gehört habe. Obwohl du allen Grund dazu hättest. Ich bin bestimmt manchmal unwirsch, weil genervt. Es tut mir leid!"

„Ich habe dir gesagt, dass ich dich unterstütze. Basta!"

Angelos umarmte Alex und küsste ihn aufs Ohr.

„Ah, Herr Bürgermeister erinnert sich an seine eigentliche Aufgabe", sagte Alex und sollte es bereuen.

Angelos packte ihn an der Hüfte, warf ihn auf den Tisch und zog ihm die Hosen runter.

Vier Minuten später sagte Angelos:

„So. Dem Herrn Bürgermeister geht´s jetzt viel besser!"

„Da bin ich aber froh", meinte ein derangierter Alex, der noch fünf Minuten regungslos auf dem Tisch liegenblieb.

Als er sich endlich aufrichtete, hörte man ein deutliches „Aua!".

4

Nachts im Bett war Angelos gerade am Einschlafen, als Alex seinen ganzen Mut zusammennahm und sagte:
„Wir müssen reden. Das vorhin in der Küche geht gar nicht!"
Angelos schaute Alex erstaunt an.
„Was meinst du?"
„Ich meine diese Quasi-Vergewaltigung und das weißt du ganz genau. Ich habe nichts gegen härteren Sex. Aber nicht, ohne dass ich gefragt werde. Es war dir in dem Moment vollkommen egal, wer da unter dir liegt. Sicher, man kann es nicht mit deiner Vergewaltigung vergleichen. Das waren drei Männer und ging über Stunden. Aber im Prinzip war es nichts anderes. Ohne den anderen zu fragen und brutal. Ich bin dein Mann. Ich muss nicht bestraft werden, ich tue dir nichts!"
Auch wenn es fast nicht möglich war, Angelos schaute noch perplexer.
Zum ersten Mal erlebte Alex, wie Angelos stotterte.
„Aber ... aber, warum hast du nicht ‚Stopp' gesagt?"
„Warum wohl? Wahrscheinlich, weil ich dich liebe und das anscheinend dazugehört.

Es passiert alle drei Monate, immer dann, wenn dich eine Sache überfordert."
Angelos stand auf und ging zur Türe.
Bitte jetzt nicht gehen, dachte Alex. Bitte lass uns reden.
„Angelos!"
„Ich muss nachdenken!"
Von unten hörte man das Rumpeln der Espresso-Maschine und dann das Knarzen der Türe. Nachdenkritual.
Nach zehn Minuten war Angelos zurück.
„Synchoréte me!" Verzeih mir!
„Ich weiß nicht, was ich mir dabei gedacht habe. Ich wollte dir nicht wehtun. Bitte sag in Zukunft einfach ‚Stopp'. Ich gehe immer davon aus, dass jeder ‚Hurra' schreit, wenn er Sex mit einem so gutaussehenden Mann wie mir haben kann!"
Angelos setzte sein unschuldigstes Gesicht auf und Alex brach in Gelächter aus.
„Darf ich dir jetzt zeigen, dass ich auch anders kann?"
„Bitte gerne", antwortete Alex und eine Stunde später wusste er wieder, warum er Angelos so liebte.

5

Am nächsten Morgen brummte Angelos´ Handy.
„Was? Wo? Sind die noch drin? Wir kommen! Lass die Straße absperren. Alle Touristen müssen raus!"
„Alex. Raus aus den Federn. Glock mitnehmen. Banküberfall in der Matogianni!"
Ein Banküberfall auf Mykonos? dachte Alex. Gab es noch nie. Wo sollten die Räuber auch hin. Nach 20 Kilometern wäre Schluss. Außer sie nehmen Geiseln, dann wäre es eine andere Sache. Und dann kann es nur die Alphabank sein. Mitten im Zentrum? Flucht nur zu Fuß? Absurd.
Sie fuhren in die Stadt, knapp fünf Kilometer. Nein, sie flogen, denn Angelos fuhr wie der Henker. Machte er zwar immer, dachte Alex, aber hoffentlich überlebe ich es auch diesmal. Im Zentrum machte keiner der Touristen Anstalten, dem Wagen mit Blaulicht und Martinshorn auszuweichen.
„Um Gottes Willen, du überfährst noch jemand", schrie Alex gegen den Lärm an.
„Ich bin der Bürgermeister. Ich darf das", schrie Angelos zurück und lächelte.
Vor der Matogianni hielt er an.

„Herrgott, da sind immer noch Leute in der Straße!"
Angelos griff zum Handy.
„Maria, wo bist du? Da springen haufenweise Touristen herum. Hast du nicht abgesperrt?"
Maria war die Chefin der normalen Polizei, zuständig für alles unterhalb von Mord und Drogenhandel. Schwere Fälle ließ die Gemeinde von Angelos und Alex lösen. Beide waren ursprünglich Kommissare, Alex auf Mykonos, Angelos in Saloniki. Nachdem sie geheiratet hatten, betrieben sie eine Privatdetektei und wurden vom damaligen Bürgermeister beauftragt, schwere Fälle gegen Honorar zu lösen. Sein Motiv: das wäre erheblich billiger als eine Vollzeitstelle für einen Kommissar. Und bei zwei Kommissaren konnte nichts schiefgehen. Alle Fälle waren gelöst.
Nun war Angelos selbst Bürgermeister geworden, aber nur unter der Bedingung, dass er weiterhin bei Schwerverbrechen ermitteln kann.
Das war seine Passion. Nicht das Amt des Obertrottels der Insel.
Das Verhältnis zu Maria war gut. Man mochte sich. Das war auch nötig, denn Alex und Angelos brauchten oft Informationen aus den Datenbänken der Polizei oder dem Polizei-

labor. Mitunter benötigten sie auch Kräfte der OPKE, dem SWAT-Team aus Athen.

Angelos und Alex erreichten die Alphabank. Dort standen tatsächlich noch Menschen am Geldautomat und Polizisten versuchten, sie wegzuziehen.

„Maria! Was ist hier los?", sagte Alex aufgebracht.

„Bankräuber, die Geiseln halten. Eine Geisel hat uns verständigt, auf Anweisung der Räuber. Und hier draußen? Tja, du siehst es ja. Die Absperrung interessiert niemand!"

Angelos grinste.

„Das haben wir gleich. Ruf die Geisel an und sag ihr, sie sollen Ruhe bewahren, denn … Wir melden uns gleich!"

Er wartete kurz und schoss dann zwei Mal in die Luft. In zehn Sekunden hatte sich die Straße geleert.

„Und jetzt stell die Autos quer, so wie wir unten und zwei in der Parallelstraße!"

„Sollten wir nicht OPKE rufen?", schlug Alex vor.

„Nein, arkoúda mou. Das kriegen wir schon hin. Wir brauchen einen Kommandostand!"

Angelos blickte sich um. Keine zehn Meter entfernt war eine Kunstgalerie mit freiem Blick – und Schussfeld – auf den Eingang der Bank.

Als Alex und Angelos den Raum mit gezogenen Waffen betraten, flüchtete der Inhaber durch die Hintertür.
„Auch recht", sagte Alex.

6

„Dann rufen wir mal die Geisel an", sagte Angelos. Es klingelte nur einmal.
„Tulip", meldete sich ein Mann.
„Hier ist die Polizei. Geben Sie mir bitte einen der Herren Bankräuber!"
„Das geht nicht. Ich soll Ihnen einen Zettel vorlesen!"
„Dann machen Sie mal!"
„Wir lassen zwei Geiseln frei. Sie kommen zur Vorderseite raus. Zwei bleiben bei uns. In 20 Minuten wollen wir zwei Autos direkt vor dem Eingang, beide Türen rechts offen. Alle Polizeiautos müssen weg, auch hinten. Sollten wir eines sehen, bringen wir die Geiseln um."
„Fragen Sie, wohin sie wollen, damit wir die Strecke freihalten!"
„Aufgelegt", sagte Angelos.

„Alex, Maria soll am Flughafen eine Einreise mit Namen ‚Tulip' checken. Letzte zwei Wochen. Auch am Hafen. Und schnell!"
Alex nickte.
„Und hol mir aus dem Laden vier Tüten Chips!"
„Du willst jetzt etwas essen?", fragte Alex ungläubig.
„Mach einfach! Bitte!"
Alex rief Maria an und holte aus dem Mini-Markt die gewünschten Chips-Tüten.
Alex´ Handy brummte.
„Ok. Kein Tulip. Weder am Airport, noch am Hafen!"
„Alles klar. Der Mann wollte uns einen Hinweis geben. Er meinte Two-lip. Also zwei Männer. Her mit den Chips", sagte Angelos leise und ging gebückt über die Straße hinter die Bank. Dort öffnete er die Tüten und verstreute den Inhalt vor dem Hinterausgang und rechts und links davon.
Mittlerweile herrschte Totenstille.
„Mit Scharfschützen auf dem Balkon wäre es zu schaffen", merkte Alex an.
„Die wären nie rechtzeitig hier gewesen. Die Hubschrauber brauchen vierzig Minuten, ohne Alarmzeit. Und einen Aufschub kriegen wir nicht. Sollen wir sagen, wir hätten kein Auto?", sagte Angelos über das Head-Mikro.

„Maria? Postiert euch vorsichtshalber auf der Hauptstraße, für den Fall, dass sie über die Mauer flüchten!"
„Mit den Geiseln über die Mauer?", fragte Alex.
„Natürlich nicht", antwortete Angelos.
„Ich gehe auf den Balkon. Hol du unser Auto, aber mach das Blaulicht runter. Dann bleibst du hier und nimmst den von uns linken Räuber ins Visier. Ich übernehme den rechtem. Aber nur bei freiem Schussfeld auf den Kopf. Ansonsten lass sie losfahren!"
„Nein, Angelos. Ich schieße durch die Geiseln hindurch", knurrte Alex.
„Nicht der richtige Zeitpunkt für Mimosen", lautete die Antwort.
Angelos hatte in Saloniki schon zwei Banküberfälle mit Geiselnahme hinter sich. Für Alex war es Neuland. Welcher Idiot überfällt eine Bank auf einer Insel? Und dann die, die jeder intelligente Räuber garantiert meiden würde? Mitten im Zentrum.
Die ersten zwei Geiseln kam mit erhobenen Händen heraus.
Alex winkte sie zu sich in die Galerie.
Dann überschlugen sich die Ereignisse.

7

Kurz nachdem das Auto bereitstand und Alex wieder im Eingang der Galerie Posten bezog, öffnete sich die Türe.
Zwei Männer verließen die Bank, mit den Händen über dem Kopf und geknebelt.
Aber die Geiselnehmer waren nicht bei ihnen.
Alex wartete und wartete – und plötzlich hörte man von hinter der Bank lautes Knirschen und Fluchen. Die Chips.
„Alex, nach hinten", brüllte Angelos ins Mikrofon. Alex rannte die kleine Seitenstraße an der Bank vorbei. Als er die Ecke erreichte, sah er gerade noch, wie einer der Räuber von der Mauer sprang, der zweite kletterte noch hoch.
Und Alex schoss. Der zweite fiel von der Mauer und knallte auf den Boden.
„Maria. Einer der Täter kommt gleich zu euch. Der zweite ist neutralisiert", rief Angelos.
Er rannte die Treppen hinunter zu Alex, der wie gelähmt über dem leblosen Körper stand.
Die Waffe des Räubers lag daneben.
Angelos sah sofort, dass es lediglich eine Spielzeugpistole war, wenn auch eine täuschend echte. Alex´ Schuss traf den Mann in den Rücken. Angelos nahm Alex wortlos in den

Arm. Als er dem Mann die Kapuze herunterriss, traf ihn fast der Schlag. Es war ein Kind. Vielleicht 16. Und er kannte das Kind. Es war der junge Mitroglou.

Alex stand noch immer wie versteinert da.

„Maria, habt ihr den zweiten?", fragte Angelos.

„Ja. Es ist …"

„ …Mitroglous Halbbruder, oder?"

„Ist unser Schöner schon Hellseher?"

„Nein, Der andere ist Kostas Mitroglou. Und er ist tot. Aber sag das dem anderen nicht."

Angelos rief den Krankenwagen, für die zwei Geiseln, die vielleicht psychologische Hilfe brauchten. Und für die Leiche.

Angelos ging zu Alex, der noch immer die Waffe in den Händen hielt.

„Komm, es hätte auch ein Profi sein können. Du wusstest nicht, ob es nicht eine richtige Waffe ist. Aber dennoch: es wird Ärger geben. Mächtigen Ärger. Ich habe selbst schon als Polizist einen Minderjährigen erschossen, als er eine Tankstelle überfiel und eine Frau als Geisel nahm. Und ich wurde freigesprochen."

Was Angelos nicht erwähnte, war, dass die Ermittlung ein Horror und er fünf Monate suspendiert war.

Und dass er damals in offizieller Funktion war, als Polizist. Doch Alex und Angelos waren jetzt juristisch gesehen Zivilisten, wenn auch als Privatdetektive registriert. Sicher, sie arbeiteten im Auftrag der Gemeinde Mykonos. Doch seitdem Angelos selber nun Bürgermeister war, würde dies Außenstehenden suspekt erscheinen.

Und meine Aussage wird nicht viel helfen. Als Ehemann muss ich nicht aussagen, aber das würde gegen Alex gewertet. Sage ich etwas, ist es wenig wert, weil ich dann mutmaßlich meinen Gatten decke, was ja auch zutraf. Und ich bin der einzige Zeuge – wenn nicht jemand zufällig aus dem Fenster gesehen hat. Das hingegen wäre auch wenig hilfreich. Denn: Alex hatte sofort geschossen. Ohne Warnruf. Das unterscheidet den Fall hier von seinem eigenen in Saloniki.

Mist.

Aber für Angelos war eines klar:

Ich werde meinen Mann schützen, so wie er mich immer beschützt hat.

8

Im Auto sagte Angelos nur:
„Ich werde alles, wirklich ALLES tun, damit dir nichts passiert. Zur Not hauen wir beide ab. Und wann du reden willst, entscheidest du!"
Ein „Danke, Großer", war Alex´ einzige Reaktion.
Zuhause ging Alex nach oben und schloss hinter sich die Schlafzimmertür.
Armer Kerl, dachte Angelos.
Er rief Richter Mantzaris an.
„Richter, kannst du bei uns vorbeischauen? Ich kann Alex nicht alleine lassen! Du weißt ja sicher schon, was passiert ist!" Er wusste es natürlich. Buschfunk. Und der würde wieder alles verdrehen.
Zehn Minuten stand Mantzaris vor der Türe. „Wo ist er?"
„Im Bett. Das wäre ich auch!"
„Himmel. Ein 16-jähriger und der andere 17. Und dass die zwei eine Bank überfallen und Geiseln genommen haben, wird keine große Rolle mehr spielen. Alle werden nur von Alex´ Schuss sprechen. Dafür werden die Mitroglous schon sorgen. Auch wenn sie mir sehr leidtun."

„Die sind mir nun ganz egal. Ich muss sehen, wie ich Alex da raushaue. Was nicht einfach wird", antwortete Angelos.

„Warum hat dieser Dussel nicht vor dem Schuss gerufen? Warum schießt er ihm in den Rücken? Er hätte ihn laufenlassen können. In der Straße dahinter standen ja auch noch Polizisten", entgegnete Richter Mantzaris.

„Toll. Dann hätte einer von denen geschossen. Herrgott, Bankräuber und Geiselnehmer müssen eben damit rechnen. Glaubst du, dass die zwei das SWAT-Team überlebt hätten? Garantiert nicht!"

„Das SWAT-Team war aber nicht da. ‚Reine Hypothese' würde ich als Richter sagen!"

„Du bist unser Freund!"

„Aber ich helfe euch nicht, wenn ich euch nach dem Mund rede. Es wird nicht einfach. Ich befürchte eine Anklage wegen Mord!"

„Mord? Bist du noch bei Trost?"

„Das wird garantiert die Taktik. Dann könnte man auf Totschlag heruntergehen!", sagte Mantzaris.

„Totschlag?? Das hieße Gefängnis. Das überlebt Alex nicht. Schon gar nicht als Polizist. Denk mal bitte darüber nach. Der ist nach vier Wochen tot. Bulle und schwul!!"

Angelos konnte sich nur mit Mühe beherrschen.

„Die schlechte Nachricht ist, wenn es noch schlechter geht, dass mein Nachfolger schon da ist. Ich bin zwar erst seit drei Tagen in Pension und normalerweise dauert es Monate, bis der Posten wieder besetzt ist. Der nächste Dämpfer: es ist eine Frau. Und zwar eine von der Sorte ‚Bürgerrechtsverteidigerin'. Sie wettert seit Jahren besonders gegen Polizeigewalt. Das wird ein Fest für die!"

„Na, du machst uns ja Mut", sagte Angelos, nun noch mehr durcheinander.

Eine Frau als Richter.

Bestimmt eine der zickigen Sorte.

Liebenswerte Frauen werden nicht Richter.

Wie sollte er das alles Alex beibringen?

9

Angelos machte die Schlafzimmertüre einen Spalt auf und fragte leise: „Kann ich? Ich lege mich auch nur hin und lass dich in Ruhe!"
„Komm rein. Ich brauche keine Ruhe, ich brauche dich", sagte Alex.
Angelos kroch ins Bett und legte sich neben seinen Ehemann.
„Mach dir keine Sorgen. Du wirst nicht im Gefängnis landen. Zur Not gehen wir in den brasilianischen Urwald. Aber ich bleibe bei dir. Du wirst mich nicht los!"
Da brach es dann endlich aus Alex heraus. Er legte sich auf Angelos´ Brust und weinte hemmungslos. Minutenlang.
„Lass es raus, arkoúda-mou." Mein Bärchen.
„Ich … ich verstehe es nicht. Warum habe ich nicht ‚Stehenbleiben' gerufen? Grundkurs Polizist. Und dann war es ein Junge. Ein dummer Junge. Gut, es war ein Raubüberfall. Aber deswegen muss man ja nicht sterben. Er hatte nicht mal eine Waffe in der Hand. Ich hätte sehen müssen, dass sie am Boden liegt!"
„Genau das darfst du unter keinen Umständen sagen. Mir schon, aber nicht vor der Richterin", antwortete Angelos.

„Richterin?"
Oh, Angelos, du Depp.
„Ja. Mantzaris´ Nachfolger ist eine Frau."
„Das war´s dann. Mit Mantzaris hätte ich noch ein bisschen Zuversicht gehabt!"
„Würdest du bitte ein bisschen Vertrauen in mich haben? Seit wir uns kennen, helfen wir uns gegenseitig aus der Patsche. Diesmal bin ich dran. Und wir schaffen das. Ende der Diskussion, Alex!"
„Danke", flüsterte Alex. „Kann ich auf deiner Brust liegenbleiben?"
„Die ganze Nacht, wenn du willst!"
Dann schlief Alexandros Nikakis ein.

10

Es war 9.00 Uhr morgens. Für beide Herren Nikakis mitten in der Nacht, unabhängig von den Ereignissen. Früh aufstehen war nicht ihr Ding. Leichen konnten bis 11.00 Uhr warten. Vorher wäre auch keiner der beiden zu einer vernünftigen Tatortbegehung fähig gewesen.

Dennoch brummte das Handy.

„Schöner? Hier Maria!" Das wusste Angelos auch so. Die Anrede ‚Schöner' verwendete nur sie.

„Tut mir leid, was Alex passiert ist. Ich helfe euch, wenn ich kann!"

„Danke, Maria. Wir können jede Unterstützung brauchen", antwortete Angelos.

„Aber deswegen rufe ich nicht an. Es gibt eine Leiche. In Elia. Und nicht sehr attraktiv!"

„Was heißt hier ‚nicht attraktiv'?"

„Angeknabbert!" war ihr einziger Kommentar. Herrgott, dacht Angelos. Ich habe ganz andere Probleme als eine Leiche.

„Vom Schiff gefallen und dann …?"

„Vergiss es, Schöner. Dem Opfer wurde vorher der Arm abgehackt, würde ich sagen", sagte Maria.

„Kannst du zu uns kommen? Ich würde Alex ungern alleine lassen!"

„Wenn er bei einer Frau nicht den Schreck seines Lebens bekommt?". Maria lachte.

„Das wird er überleben. Danke!"

Angelos ließ Alex schlafen und fuhr nach Elia. Ausgerechnet Elia. Ziemlich weit weg und mit dem Auto nur über Steilkurven zu erreichen.

11

Maria hatte über den Fundort einen Pavillon stellen lassen und alle vier Seiten mit Tüchern verhängt. Abgetrennt und vor Sonne geschützt. Gut gemacht, Mädchen, dachte Angelos.
Als er das eine Tuch abnahm und die Leiche sah, musste er würgen. Ungewöhnlich für Angelos, der schon zerstückelte oder verbrannte Leichen zu Gesicht bekommen hatte. Aber ein menschlicher Körper, der von Fischen oder Haien angegriffen worden war und dem noch dazu ein Arm komplett fehlte, war kein magenschonender Anblick.
Maria hatte recht. Dem Mann war der Arm abgehackt worden. Angelos vermutete ein Schwert oder eine Machete. Für eine Säge war die Wunde zu glatt, auch wenn sie im Wasser an Kontur verloren hatte.
Die anderen Wunden waren Haifischbisse, an den Zahnspuren gut zu erkennen. Sie waren zahlreich. Ein Rudel Jungtiere. Von wegen, es gibt im Mittelmeer keine großen Haie. Die Ägäis war voll von ihnen, auch wenn die Wassertemperatur eigentlich zu hoch war. Aber jedes Lebewesen passt sich an und die Junghaie fühlten sich offensichtlich wohl.

Gut, dachte Angelos, der abgehackte Arm zeugt davon, dass der Herr nicht freiwillig ins Meer gesprungen ist. Ein grausamer Mord, der eine Beziehungstat wohl ausschließt.
Serientäter am Anfang oder Drogenhändler waren Angelos´ erste, vage Erklärungen.
Die Spurensicherung bei Strandleichen ist in Kürze erledigt, da der Fund- nicht der Tatort ist: Man kann sich auf die Leiche konzentrieren und dafür eignet sich die Pathologie besser als ein Strand, an dem immer die Gefahr besteht, dass durch aufgewirbelten Sand Spuren verunreinigt werden. In Gedanken dankte er Maria nochmal für die Tücher am Pavillon.
Dann rief er den Krankenwagen zum Abtransport der Leiche. Zuletzt rief Angelos in der Klinik an.
„André? Hier Angelos. Es kommt gleich eine unschöne Leiche. Haiangriff!"
„Oh Gott. Aber danke für die Warnung!"
Angelos lächelte. André würde sofort zum Giftschrank gehen und sich eine Portion Beruhigungsmittel plus Magentabletten gönnen. Aber er würde trotzdem in Ohnmacht fallen.

12

„Wach auf, André", rief Angelos und schlug ihm vorsichtig auf die Backen. André kam wieder zu sich.

„Ganz schön dünnhäutig für einen Pathologen", scherzte Angelos.

„Ich bin Arzt und kein Pathologe. Hätte ich das vorher gewusst, dass ich hier mehr mit Leichen als mit Patienten zu tun habe, hätte ich um diese Insel des Todes einen großen Bogen gemacht!"

„Insel des Todes? Das wäre mal ein neuer Slogan. Sollte ich mir als Bürgermeister mal überlegen", sagte Angelos lachend.

„Aber beruhige dich, viel gibt es für dich nicht zu tun. DNA zur Identifikation. Unter den übriggebliebenen Fingernägeln finden wir garantiert nichts! Sorry, ich muss zurück zu Alex!"

Natürlich hatte auch der Chefarzt schon von dem Banküberfall und seinen Folgen gehört.

„Ich drücke euch die Daumen. Die neue Richterin hat den Leichnam nach Athen bringen lassen. Sie befürchtet Befangenheit bei mir, wie sie sagte!"

Das läuft ja wunderbar, dachte Angelos und verließ wütend die Klinik.

13

Als Angelos zuhause in Ornos eintraf, sah er sofort, dass etwas nicht in Ordnung war. Alex und Maria saßen mit Trauermiene in der Küche.
„Was ist?", fragte Angelos und fürchtete die Antwort.
„Richterin Katzikis hat Alex für 16.00 Uhr vorgeladen", sagte Maria.
„Aber noch kein Haftbefehl, oder?"
„Nein, aber der kommt", antwortete Alex.
„Ich rufe Mantzaris an", sagte Angelos.
Aber der wies ihn darauf hin, dass er nichts mehr zu sagen habe. Er sei Pensionär und die Richterin würde das als Einmischung empfinden.
„Aber es gibt noch einen anderen Grund. Ich habe noch einen Trumpf in der Hand. Der zieht aber nur, wenn ich vorläufig im Hintergrund bleibe. Vertraut mir. Und du solltest dich auch heraushalten!"
„Ich soll mich heraushalten, wenn mein Mann verhaftet wird? Einen Teufel werd´ich!" Angelos wurde laut.
„Wir haben noch zwei Stunden. Ich würde gerne ...", sagte Alex.

„Du glaubst, es könnte unser letzter Sex sein? Aber garantiert nicht. Nur über meine Leiche. Und ich meine das ernst", antwortete Angelos.
„Aber natürlich können wir. Wenn es dir hilft", fügte er hinzu.
Alex nickte.
„Wer weiß, wann wir wieder …"
Weiter kam Alex nicht.
„Das will ich gar nicht hören", flüsterte Angelos ihm ins Ohr.
„Danke, Maria, fürs Aufpassen. Äh …"
„Schon verstanden, Schöner. Melde dich!"
Auf dem Weg nach oben war Angelos klar, dass er es nur verkehrt machen konnte. Wäre er zu zärtlich, würde Alex emotional kippen, wäre er zu hart, könnte es Alex als distanziert empfinden.

Doch seine Befürchtungen waren unberechtigt. Alex genoss jede Sekunde.
„Danke, agapi mou." Mein Schatz.
„Du hattest die Arbeit, ich das Vergnügen!"
„Ich spiele jetzt mal keine Rolle. Fühlst du dich besser?"
„Oh ja. Dann fahren wir mal!"

14

„Was wollen Sie denn hier?", keifte Richterin Katzikis. „Sie haben hier nichts zu suchen!"
Da war Angelos klar, dass die Veranstaltung eskalieren würde, egal, was sie vorbringen würden. Daher beschloss er, der Richterin massiv kontra zu geben. Vielleicht machte sie ja einen Fehler in der Hitze des Gefechts.
„Junge Frau, ich bin hier der Bürgermeister und Sie befinden sich in einem städtischen Gebäude. Entweder ich bleibe hier oder ich erteile Ihnen Hausverbot!"
Mantzaris hatte Angelos auf den besonderen Umstand hingewiesen, dass die Justiz hier nur Gast ist.
„Sie wollen mich aus dem Gericht werfen? Und für Sie bin ich immer noch ‚Euer Ehren'!", ätzte die Richterin.
„Das ‚Ehren' müssen Sie sich erst noch verdienen, wie es aussieht", gab Angelos zurück.
„Angelos!", ging Alex dazwischen.
„Ich könnte Sie einsperren lassen wegen Missachtung des Gerichts!"
„Ach ja? Erstens haben wir nur eine Zelle. Und zweitens: sie gehört mir!"

„Die Zelle gehört den Bürgern von Mykonos!", brüllte die Richterin.
„Die mich mit 91 Prozent gewählt haben. Da werden Sie einen tollen Einstand abliefern! Und noch eine Frage: sind Sie schon mit dieser ätzenden Säuredrüse auf die Welt gekommen?"
„Äh, könnten wir vielleicht zur Sache kommen?", fragte Alex und flüsterte Angelos ins Ohr: „Was zum Teufel hast du vor?"
„Dich ins Gefängnis bringen. Lass mich machen! Außerdem hasse ich zickige Weiber noch mehr als Genitalherpes!"
Alex schaute gelinde gesagt verdattert.

„Nun, Herr Nikakis", begann die Richterin.
„Welcher bitte?", fragte Angelos.
„Alexandros Nikakis", knurrte Katzakis zurück.
„Sie haben keine offizielle Funktion bei der Gemeinde? Also kein Polizist oder so?"
„Er handelt im Auftrag der Gemeinde mit den Befugnissen eines Polizisten. Mit Genehmigung des Innenministeriums", kam Angelos Alex zuvor.
„Rechtlich doch sehr bedenklich!"
„Bei allem fehlenden Respekt. Das haben juristische Größen so genehmigt, keine kleinen Amtsrichter. Und als Bürgermeister verbitte ich

mir jede Einmischung in die Exekutive", knurrte Angelos.

„ANGELOS", flehte Alex, aber Angelos grinste. Da wusste Alex, dass die Pöbelei einem bestimmten Zweck diente, den er allerdings nicht begriff.

„Nun, Herr Bürgermeister", der Sarkasmus lief ihr aus den Mundwinkeln, „der Einsatz war wohl wenig professionell!"

„Sagt eine Expertin für Geiselnahmen. Alle Geiseln frei und unverletzt, kein Cent gestohlen und ein Räuber gefasst. Ich denke, das liegt weit über dem Durchschnitt", antwortete Angelos betont gelassen.

„Und ein totes Kind!"

„Als Juristin sollten Sie wissen, dass man ab 14 Heranwachsender ist, ein Kind wäre nicht zu belangen. Und Sie vergessen, dass Ihr ‚Kind' ein Geiselnehmer und Bankräuber war. Natürlich wird er von Richtern wie Ihnen wegen seiner sicherlich schweren Kindheit Bewährung bekommen!"

„Kein Grund, den Jungen zu erschießen!", schrie die Richterin.

„Erschießen? Es war ein Geiselnehmer auf der Flucht. Wer sagt, er hätte keine weiteren Geiseln genommen? Im Übrigen war es

Notwehr. Er hatte eine Pistole!", schrie Angelos zurück.

„Eine Spielzeugpistole!"

„Aha. Dann sollen Polizisten den Gangster in Zukunft auffordern, die Pistole vor der Schießerei vorzuzeigen?"

„Das konnte man erkennen!", keifte die Richterin.

„Sagt die Waffenexpertin! Dann verraten Sie mir mal, was das für eine Waffe ist!" Angelos zog seine Glock.

„Woher soll … Sie bringen eine Waffe ins Gericht?"

„Als Bürgermeister hat man automatisch einen Waffenschein und eine Waffe!"*

(gilt z.B. auch in Bayern noch heute ab OB)

„Warum haben Sie nicht gerufen?", fragte sie Alex, doch Angelos ging wieder dazwischen.

„Weil es um Sekunden ging, sonst wäre der Räuber entkommen!"

„Aber er hat in den Rücken geschossen!"

„Er war aufgeregt. Soll ich mit Ihnen mal auf den Schießstand? Dann können Sie das vielleicht richtig beurteilen!"

„Ich nehme keine Waffe in die Hand. Damit löst man keine Konflikte", sagte die Richterin.

„So? Und wie fängt man dann als Polizist Kriminelle? Sollen wir mit der Bibel werfen?", knurrte Angelos zurück.

„Sehr witzig. Nun, für mich liegen die Dinge klar. Ich ordne U-Haft an wegen des Verdachts auf Mord. Eine Kaution lehne ich ab, da Fluchtgefahr besteht!"

„Fluchtgefahr? Das ist Willkür. Seine Familie lebt hier!"

„Sie bezeichnen sich als des Angeklagten Familie?" Die Richterin grinste.

„Ja. Und ich bitte den Protokollanten, diese homophobe Bemerkung aufzunehmen", sagte Angelos grinsend.

„Wird erledigt, Herr Bürgermeister", sagte der Gerichtsangestellte.

Die Richterin war sichtlich irritiert.

„Wie auch immer. Der Beschuldigte wird in das U-Gefängnis verlegt!"

„Nicht, bevor ich das Protokoll und die Ablehnung der Kaution schriftlich vorliegen habe!"

„Nicht vor morgen 10.00 Uhr", sagte der Protokollant.

„Gut, dann erfolgt die Überstellung morgen Vormittag. Herr Bürgermeister, Sie können dann gehen!"

„Ich muss zuerst noch kurz mit meinem Mann sprechen, wenn es Euer Ehren gestattet", sagte Angelos.
„Und ich bleibe vor der Türe stehen. Für den Fall, dass Sie Ihren Mann mit nach Hause nehmen wollen!"
„Keine Sorge. Mein Mann im Gefängnis ist mir immer noch lieber, als dass Sie in meinem Bett liegen!"
Die Richterin knallte die Türe zu.
„Spinnst du?", fragte Alex. „Du warst keine große Hilfe!"
Angelos grinste.
„Da bin ich anderer Meinung. Sie ist voll in die Falle getappt. Die eine Nacht überstehen wir. Ich werde bestimmt auch nicht schlafen. Aber in ein paar Tagen ist alles vorbei!"
„Ein paar Tage? Das halte ich nicht aus!"
„Brauchst du auch nicht. Ich hole dich morgen raus. Und jetzt muss ich schnell zu Mantzaris und dann nach Naxos", sagte Angelos.
„Und: s´agapó!" Ich liebe dich!"

15

Am nächsten Morgen stand Mantzaris vor dem Tisch des Bürgermeisters und konnte kaum an sich halten.

„Jetzt bist du vollkommen übergeschnappt. Du wirst Alex damit nicht helfen und selber im Gefängnis landen!"

„In einer Doppelzelle kein Problem", antwortete Angelos.

„Keine Zeit für Scherze. Ich bin beeindruckt von deiner Solidarität mit Alex …"

„Liebe, Richter, Liebe!"

„Sicher. Aber … du machst es ja ohnehin. Dafür kenne ich dich zu gut!"

„So ist es. Die Frage ist, ob du mir hilfst!" und Angelos schaute fragend.

„Es bringt auch mich wahrscheinlich hinter Gitter", antwortete Mantzaris resignierend.

„Wir müssen jeder Opfer bringen für Alex. Und glaube mir, ich erbringe das größte von allen."

Angelos schüttelte es bei dem Gedanken.

„Du willst das wirklich tun? Bei deiner Vorgeschichte? Könnte sein, dass es Alex in den vollkommen falschen Hals bekommt!"

Mantzaris schüttelte den Kopf.

„Er wird es in den falschen Hals bekommen. Und ich werde den höchsten Preis bezahlen und ihn verlieren. Aber ich sehe keinen anderen Weg. Wenn du scheiterst, wäre er komplett verloren. Es sei denn, ich tue, was ich tun muss. Dann hat er eine Chance auf ein Leben in Freiheit!"
„Du kannst nicht warten, bis ich …??"
„Nein. Dann sitzt er in Naxos und kommt nicht mehr raus. Versteh doch!"
Angelos wurde laut.
„Entschuldige, Richter, ich komme an meine Grenzen!"
„Angelos, ich hoffe, Alex begreift, was du für ihn tust. Es kann dich zerstören. Du bist schon einmal abgestürzt."
„Als ob ich das je vergessen könnte" und schon holte die Vergangenheit Angelos ein.
„Du bist der …", begann Mantzaris.
„ …bestaussehendste und klügste Mann, der dir je begegnet ist, wolltest du sagen!"
Mantzaris brach in Gelächter aus.
„Ich wollte zwar ‚außergewöhnlich' sagen …"
„Danke, Richter. Und du bist ein wahrer Freund! Möge die Übung gelingen!"
Über die Folgen war sich Herr Bürgermeister nicht im Klaren.
Aber Angelos hatte keine Wahl.

Er griff zum Telefon.

„André?, hier Angelos. Nein, ich weiß, dass du die DNA-Ergebnisse noch nicht hast! Kein Problem. Nein, ich brauche anderweitig deine Hilfe. Du wolltest uns helfen. Jetzt kannst du es. Ich brauche ein paar Amphetamine. Ich muss die nächsten 48 Stunden topfit sein. Sag mal, gibt es eine Wechselwirkung mit ‚Viagra'?"

Pause.

„Ok, auf den Blutdruck achten. Danke, ich komme gleich vorbei."

Aber selbst die Amphetamine würden nicht viel helfen. Es würde unerträglich werden.

16

Zuvor war er mit einer vom Hafenmeister geliehenen Yacht nach Naxos gerast. Kostas´ Hubschrauber wäre auch nicht schneller gewesen. Und so war er auch gleich im Hafen, wo das Gespräch stattfinden sollte. Sein Gesprächspartner saß im Café Metaxa. Schon beim Anblick fröstelte es Angelos. Der Mann war nicht nur fett und hässlich, sondern er stank. Nach Schweiß und altem Mann.

„Ah, endlich mal ein schöner Mann. Hallo, Angelos."

Halt´s Maul, du blöde, alte Schwuchtel, dachte Angelos.

„Kostas. Schön dich zu sehen!"

„Ich habe gehört, Alex hat große Probleme? Eine Anklage wegen Mordes?"

„Du hast richtig gehört. Und genau deswegen brauche ich deine Hilfe. Es soll auch nicht dein Schaden sein!"

Inständig hoffte Angelos, dass er Geld wollte. Das wäre kein Problem. Die Herren Nikakis hatten genug. Spätestens seit Angelos´ Casinogewinn.

„Ich nehme an, ich soll den Gefangenentransport etwas umgestalten?"

Kostas grinste.

„Ja, daran dachte ich. Ein kleiner, ungeplanter Stopp auf See und ein verlorener Passagier!"

Der Chef der Wasserschutzpolizei Naxos lächelte.

„Nicht ohne Risiko für mich", sagte er.

„Ja schon, aber dafür bessert sich dein Lebensstandard erheblich", antwortete Angelos.

„Ach, weißt du, Angelos, Geld ist nicht alles."

Spätestens da war klar, dass monetäre Bestechung nicht funktionieren würde. Angelos wurde regelrecht schlecht. Was Kostas sichtlich genoss.

„Du kennst den Preis, Schöner!"

Warum bin ich nicht hässlich? Warum habe ich keine Narbe quer über das Gesicht? Alex hat mich nicht wegen meines Aussehens geheiratet. Gut, es hat sicher auch eine Rolle gespielt, aber ...

„Was willst du?", fragte Angelos, kannte aber die Antwort schon.

„Dich. Eine Nacht mit allem drum und dran!"

„Alex bringt dich um, das weißt du!"

„Glaube ich nicht. Du wirst es ihm kaum erzählen, sonst schickt er dich in die Wüste!"

„Du bist ein Schwein, Kostas!"

„Damit kann ich leben. Wollen wir?"

17

Zeitgleich in Ornos

Abu Bakar stand an der Brüstung seiner großen Terrasse im oberen Teil von Ornos. Kurioserweise lagen keine 300 Meter zwischen seinem Anwesen und dem Haus der Herren Nikakis.
Er blickte hinüber zur Chora* (*Altstadt/ Mykonos-Stadt).
Er fühlte sich wohl auf der Insel. Hier respektierte man ihn trotz seines entstellten Gesichts und seiner Maske, die das Grauen darunter nur teilweise verbarg. Doch Abu Bakar wusste, es war weniger Respekt denn Angst. Die Menschen, die mit ihm zu tun hatten und den Drogenhandel auf der Insel für ihn abwickelten, erhielten alle eine CD mit den Aufnahmen der Hai-Fütterung. Keiner auf dieser Insel wagte es, Abu Bakar abzuweisen – weder im Golf-Resort, noch in den Beachclubs oder den Altstadt-Bars. Schon gar nicht dachte

jemand daran, Bakar zu hintergehen. Seltsamerweise erhöhte sich der Gewinn nach der Dokumentation des Seeausflugs signifikant. Kontrolle ist immer besser als Vertrauen, dachte Bakar, vor allem, wenn die Kontrolle von Haien „begleitet" wird.

Da er seinen Partnern mitgeteilt hatte, sie sollten ihm grundsätzlich alles melden, was ihnen nicht koscher erschien, stieg auch die Bereitschaft zur Denunziation.

Und so informierte man ihn mit größtmöglichem Eifer darüber, dass es ein weiteres schwarzes Schaf gab. Natürlich wusste Bakar, dass es den Informanten auch darum ging, die Kunden des Betrügers zu übernehmen. Aber mehrere Aussagen, die dieselbe Person betrafen, waren Beweis genug.

Also lud er Ioannis Kalafatis zu einem Gespräch nach Ornos ein. Vollkommen arglos erschien dieser in Abu Bakars Villa.

Zum Erklären kam Ioannis Kalafatis gar nicht. Bakars Männer packten und fesselten ihn an einen Baum. Mit Knebel, denn das Anwesen lag zwar weiter oben im Vergleich zum Rest von Ober-Ornos, aber der Mann würde schreien und dies längere Zeit.

„Raschid! Du weißt schon, dass wir die Kamera brauchen? Und Licht. Wir warten noch bis

zur Dämmerung. Dann wird der Effekt noch
besser. Und hol die Kränze mit den Früchten
aus dem Kühlhaus. Schließlich soll ‚Speedy'
auf seine Kosten kommen!"
Raschid grinste.
Nach dem heutigen Abend wird garantiert
niemand mehr einen Euro in die eigene
Tasche stecken.

Fünfzig Meter entfernt war Ioannis Kalafatis
schon am Ende seiner Kräfte.
Seit zwei Stunden war er nun schon an den
Baum gefesselt und die Muskulatur begann zu
streiken. Gott sei Dank war die Sonne mittlerweile untergegangen. Selbst am Baumstamm
war es sengend heiß gewesen.
Er hatte Durst.
Ich Vollidiot, dachte Ioannis Kalafatis. Was hat
mich nur geritten, Abu Bakar zu bestehlen?
Die Gier, klar. Nachdem er das Haivideo
gesehen hatte, war ihm klar, dass er heute nur
überleben würde, wenn heute Bakars Pardon-
tag wäre.
Groß war seine Hoffnung nicht.
Da hörte er ein seltsames Krächzen hinter
einer Mauer. Das Geräusch hatte nichts
Menschliches an sich.

Plötzlich rannte etwas von der einen Seite des Gartens zur anderen. Und das war definitiv kein Mensch.

Eher eine Art Strauß. Obwohl, nein. Das Vieh hatte keinen Hals und kurze Füße. Dafür einen riesigen Körper und eine spitze Schnauze.

Als das Tier gemächlich in den Lichtkegel marschierte, gefror ihm das Blut.

Es sah aus wie ein Kasuar. Der gefährlichste Vogel der Welt. Zu schwer, um zu fliegen. Er hatte ein ähnliches Tier bereits gesehen. Vor zwei Jahren war ein Kasuar aus einem Käfig ausgebrochen. Ein ukrainischer Milliardär hielt es für eine Idee, sich ein solch putziges Tier im Garten zu halten. Und Ioannis Kalafatis sollte das Vieh zusammen mit seinen Kollegen von der Feuerwehr einfangen. Zoologen hatten ihnen erklärt, dass Kasuare reine Pflanzenfresser waren und Früchte bevorzugten. Es drohe keine Gefahr. Von wegen. Eines Mittags wollte ein Mann aus Ftelia seine Einkäufe vom Auto zum Haus tragen und hatte den Fehler begangen, die Früchte nach oben zu packen. Der Kasuar machte kurzen Prozess.

Die Leiche sah aus wie von einer grobkörnigen Schrotflinte zerfetzt. Zwei Tage später wurde der Vogel entdeckt und erschossen.

Als Ioannis Kalafatis sich erinnerte, hoffte er, dass es vielleicht doch nur ein Strauß war, der als Dekoration für einen reichen Drogenhändler fungierte.

Doch dann stand der Kasuar vor ihm. Nicht sehr viel kleiner als er selbst. Erneut stieß das Vieh diesen schrecklichen Laut aus. Dann stieß es mit dem ersten Hieb zwischen der vierten und fünften Rippe direkt in die Lunge. Den Rest bekam Ioannis Kalafatis nicht mehr mit.

18

Richter Mantzaris betrat am nächsten Morgen das Amtszimmer des Bürgermeisters, doch der Stuhl war leer. Dennoch schien jemand im Raum zu sein, denn er hörte leises Schluchzen. Mantzaris ging um den Schreibtisch herum und sah, dass Angelos am Boden kauerte.
„Oh, Gott, Angelos, ist das passiert, was …?"
Angelos nickte und schluchzte. Der Richter setzte sich neben ihn und nahm ihn in den Arm. Bei Angelos brachen alle Dämme.
„So schlimm? Mein Gott, ich kenne dich nur als Alphatier, Angelos!"
„Klar. Heißt das, ich habe keine Gefühle? Vor allem, wenn sich der ganze Mist wiederholt."
„Natürlich hast du Gefühle. Und du bist stark genug, auch das zweite Mal wegzustecken. Es wird dauern, so wie es bei der ersten Vergewaltigung gedauert hat. Ich hoffe, Alex weiß es zu würdigen, was du getan hast", sagte Mantzaris.
„Genau da bin ich mir nicht so sicher. Er wird mich nicht mehr anfassen. Er wird sich ekeln, so wie ich mich vor mir selber ekle!"
„Dann wäre er charakterlos und das ist er nicht. Du hast es für ihn getan. Aber jetzt

müssen wir uns um einiges kümmern und da brauche ich einen zurechnungsfähigen Angelos.

Mantzaris half Angelos auf und der setzte sich auf seinen angestammten Platz.

„Und setz die Sonnenbrille auf, Angelos!"
„Bereit?" Angelos nickte.

„Also. Die Protokolle sind da. Zunächst dachte ich, du bist nicht ganz bei Trost. Bei mir wärst du nach dem ersten Satz wegen ‚Missachtung des Gerichts' in die Zelle gewandert. Aber wenn eine Frau keifen kann, ergreift sie die Gelegenheit und lässt jede Vorsicht sausen. Vor Gericht gefährlich. Durch deine Frontalangriffe kam sie vollkommen außer Tritt und vergaß das Entscheidende: sie belehrte weder Alex, noch dich über eure Zeugnisverweigerungsrechte!"

Angelos konnte wieder lächeln.

„Das war der Sinn der Sache!"

„Heißt: sie hat Alex auch überhaupt nicht befragt, denn geantwortet hast jedes Mal du. Was mich stutzig macht, ist, dass der Protokollführer explizit geschrieben hat, dass keine Belehrung erfolgte, weder mündlich, noch schriftlich. Das ist ungewöhnlich!"

„Nicht, wenn der Protokollant vorher eine Anweisung des Bürgermeisters plus 500 Euro erhält!", sagte Angelos.

Mantzaris schaute ihn an, als hätte er das ultimative Verbrechen begangen.

„Bestechung im Gericht? Durch den Bürgermeister? Die Welt geht unter. Dennoch: Chapeau! Ich würde den Fall gern in der juristischen Zeitschrift …"

„Unterstehe dich!", knurrte Angelos.

„Also, wie stehen die Chancen?"

„Die dumme Nuss hat es geschickt gemacht. Sie hat das weitere Vorgehen dem Gericht in Syros und nicht Naxos übertragen. Sie weiß, dass ich die Kollegen in Naxos besser kenne als in Syros*!" (*Hauptstadt der Kykladen) Ich werde aber Einspruch erheben und argumentieren, dass der Fall wegen der Umstände und als Präzedenzfall an das Kammergericht Athen geht. Das Problem dort sind die Schöffen. Die habe ich nicht unter Kontrolle. Die beiden Richter werden mir folgen und die vorläufige Freilassung vorschlagen. Aber du weißt: auf hoher See und vor Gericht…"

„Das dauert auf alle Fälle zu lange. Schwul und Bulle im Gefängnis. Ich brauche dir nicht sagen …", begann Angelos.

„Nein. Aber der Plan ist riskant. Ob man die ‚Über-Bord-Geschichte' glaubt? Vor allem, wenn gleichzeitig du auch verschwindest!"
„Wenn du ihn nicht frei bekommst, hauen wir ohnehin ab. Ich kann Alex schon gar nicht bis zu einem Prozess im Gefängnis lassen. Und du weißt selber, wie lange U-Haft dauern kann. Nein, Richter. Hast du Erfolg, gut, dann tauchen wir wieder auf. Aber wenn nicht, haben wir keine andere Wahl. Wir bleiben solange in unserem Versteck, bis wir Nachricht von dir haben. Hoffentlich geben sie bei der Überstellung neben den Unterlagen auch den Pass mit. Ist Alex ertrunken, werden sie ihn nicht zur Fahndung ausschreiben!"
Mantzaris lächelte.
„Ach, den Pass habe ich schon. Ich musste vorhin noch ein paar persönliche Dinge aus dem Gericht holen und die gnädige Frau war gerade beim Friseur!"
Angelos lachte laut.
„So gefällst du mir schon besser", sagte Mantzaris.
„Die größte Sorge ist nicht der Plan, sondern …"
„… die Frage, ob Alex dich noch haben will, ich weiß. Tut er es nicht, wäre er ein herzloser Idiot. Dann lasse ich ihn einsperren!"

19

Kurz nach zehn Uhr wurde Alex aus dem Gerichtsgebäude geführt und mit dem Wagen zum Hafen gebracht. In Handschellen brachte man ihn zum Boot der Wasserschutzpolizei. Am Pier standen Janis, der Hafenmeister, und einige Hafenarbeiter.

Janis hielt den Daumen nach oben. Doch Alex registrierte die schöne Geste nicht. Er befand sich seit 24 Stunden im Dauernebel. Er machte sich nichts vor. Im Gefängnis würde er nicht überleben. Schon die Untersuchungshaft überstehe ich nicht, dafür habe ich zu viele in den Knast geschickt, dachte Alex. Und U-häftlinge waren in Griechenland nicht von normalen Gefangenen getrennt. So viele Kameras könnten sie in dem Gefängnis gar nicht haben, um meine Sicherheit zu gewährleisten.

Aber es wäre ohnehin egal. Selbst bei einem schnellen Prozess würde es mindestens vier Monate dauern. Und vier Monate ohne Angelos? Oder vielleicht gar noch länger? Wer weiß das schon? In einer Verhandlung kann viel passieren.

Die ganze Nacht liefen vor seinen Augen die letzten 14 Monate ab, die glücklichste Zeit seines Lebens.
Und dafür war Alex dankbar. Ob Angelos mehrere Jahre auf ihn warten würde? Diese Frage konnte Alex nicht beantworten.
Vielleicht sollte er Angelos freigeben. Er soll nicht büßen müssen für meinen Fehler, dachte Alex.
Er war etwas enttäuscht, dass Angelos nicht zu sehen war. Er drehte sich noch einmal um. Nein. Kein Angelos. Aber er wird seine Gründe haben. Wird er mich hängen lassen? Nein. Niemals. Soweit kannte er seinen Mann. Er wird alles tun, um mich zu retten.
Mit ein bisschen mehr Lebensmut betrat Alex das Boot. Er drehte sich nochmal um.
„Suchst du Angelos? Ich glaube, der hat heute anderes im Sinn", sagte Kostas grinsend.
Was meint dieser schleimige Wurm damit?
Die zwei Polizisten führten ihn zu einer Bank und befestigten die Handschellen an einer Stange.
Dann ging es los.

20

Aki Bakar saß auf seinem Balkon. Es war sein Lieblingsort, nicht nur wegen des Blicks auf das Meer und die Stadt, sondern auch, weil er hier am Abend nicht so schwitzte unter seiner Maske. Zur Not nahm er sie auch mal ab, aber nur, wenn seine Leute nicht in der Nähe waren.

Bakar hatte sein Tablet in der Hand und verfolgte die Bewegung seiner Drohnen. Die beste Erfindung seit dem Rad. Vorbei waren die Zeiten, in denen man Drogen per Schiff oder Flugzeug transportierte und regelmäßig die Drogenfahndung dazwischenfunkte. Zielgenau dem Empfänger die Ware vor die Haustüre. Ein logistischer Traum und perfekter Kundenservice. Schöne, neue Welt. Doch die Drohnen hatten noch einen Vorteil: die perfekte Überwachung. Geräuschlos, ohne persönliche Annäherung. Und so verfolgte Bakar die Verbringung von Alex´ auf das Polizeiboot.

Gut, dass wir der Richterin nach dem Banküberfall – mit dem Bakar nichts zu tun hatte – einen kleinen Besuch abgestattet haben. In der Nacht mit kleinem Team. Nach

Vorführung der beiden CDs mit Hai und Kasuar war die Dame nicht mehr so forsch wie zuvor, als sie auftrat, als wäre sie Kleopatra. Deutlich geschrumpft, stieg ihre Angst noch, als Bakar seine Maske abnahm. Ihr Widerstand war gebrochen und so konnte Bakar ihr nahelegen, doch den Kommissar a.D. Alex Nikakis vorübergehend aus dem Verkehr zu ziehen. Was sie auch tat. Braves Mädchen.
Die beiden Betrüger hatte er schon beseitigt, nun musste noch die polizeiliche Seite neutralisiert werden, dann hätte er endgültig freie Bahn. Nun, der eine der beiden war gerade unterwegs in den Knast, für den anderen bedurfte es einer drastischeren Lösung.

21

Entweder waren die beiden Polizisten gestern lange unterwegs oder … Alex fiel auf, dass zuerst der eine, dann der andere die Augen schloss. Kurz darauf sackten die Köpfe nach vorne. Kostas erschien und öffnete die Handschellen. Jetzt war Alex komplett verwirrt.
„Du hast echt Glück mit deinem Mann. Er hat ein hübsches Gesicht und einen traumhaften Körper. Mach dich bereit zum Übersetzen!" Das dreckige Grinsen aber ließ Alex unsicher werden. Er hatte Kostas noch nie leiden können. Auch schwul, aber von der widerlichen Seite. Ferner stank er wie eine Müllhalde.
Kostas hatte die Motoren abgestellt. Wenige Minuten später hielt eine Yacht auf sie zu und ging längs.
„Kannst du springen?", fragte Angelos.
„Wenn du mich fängst, schon", antwortete Alex.
Als Angelos den Motor anließ, hörte er noch Kostas schreien: „Jederzeit wieder!"
Alex war noch immer zu durcheinander, um zu begreifen, was vor sich ging, aber für ihn

zählte erstmal nur eines: er war wieder bei Angelos. Alles andere war zunächst egal.
Er hätte ihn gerne umarmt, aber Angelos fuhr zu schnell, als dass man hätte stehen können. Erst nach vierzig Minuten stoppte er die Maschinen.

Abu Bakar war beeindruckt. Die Drohne schwebte die ganze Zeit in angemessener Entfernung über den Booten. Offensichtlich war der junge Nikakis zu allem bereit, um seinen Mann vor dem Gefängnis zu bewahren. Er scheute nicht davor zurück, eine ganze Bootsbesatzung zu bestechen, gar als Bürgermeister eine Straftat zu begehen.
Andererseits: welcher Bürgermeister dieser Welt begeht keine Straftat, dachte Bakar. Er brauchte nur an Rakka zu denken, dessen ‚Stellvertreter des Kalifen' kräftig in die eigene Tasche wirtschaftete.
Also gut, die zwei sind eine harte Nuss. Die vorgesehene drastische Maßnahme war also angebracht, außer die Herren flüchten außer Landes. Aber seine innere Stimme sagte Bakar, dass dies nicht dem Ehrbegriff der beiden entsprechen würde. Er könnte natürlich die Behörden informieren, aber das

widerstrebte ihm. Zolle dem Gegner Respekt und unterschätze ihn nicht.

22

Angelos schaltete das Sonar auf Alarm. So konnte er die Yacht treiben lassen. Sie waren auf dem offenen Meer, gut 30 Seemeilen von der nächsten Insel entfernt.
Endlich, dachte Alex. Er fiel Angelos um den Hals. „Vier zu drei", war sein erster Satz.
Die interne Nikakis-Rettungsstatistik. Zum vierten Mal hatte ihn Angelos aus einer bedrohlichen Situation gerettet. Von außen betrachtet nicht lebensgefährlich, aber Alex hätte das Gefängnis nicht überstanden. Und über Monate ohne Angelos war nichts, was Alex sich vorstellen konnte.
„Danke, Großer. Ich weiß zwar nicht, wie du es hinbekommen hast und was jetzt kommt. Von mir aus könnten wir die nächsten Jahre auf dem Boot bleiben!"
„Sagst du als seekranker Grieche?"
Angelos grinste.

Doch eines irritierte Alex: Angelos´ Umarmung war nicht von der stürmischen Art.
„Was ist mit dir?"
„Alex, ich habe seit 36 Stunden nicht geschlafen und stehe neben mir. Schließlich bin ich auch schon fast dreißig", antwortete Angelos. „Können wir uns nicht einfach hinlegen und genießen, dass wir zusammen sind? Überstanden ist es noch lange nicht!"
Alex nickte.
„Jeder wird wissen, dass du die Hände im Spiel hattest! Vor allem die Richterin. Und was ist mit den Polizisten an Bord? Und Kostas?"
Angelos zuckte.
„Die Polizisten sind eingeschlafen. Und Kostas musste einer Yacht ausweichen und hat nicht sofort registriert, dass du über Bord bist. Er hat sich auf die Polizisten verlassen!"
„Ich bin also ertrunken?"
„Nein. Nicht ganz. Ein Fischerboot hat dich aufgelesen und mich verständigt. Ich war während deiner Fahrt bei Mantzaris zu Hause, was der bestätigen wird!"
„Ein Richter leistet einen Meineid?"
„Und ein Bürgermeister", fügte Angelos hinzu.
„Aber es funktioniert nur, wenn Mantzaris beim Kammergericht den Haftbefehl kippen kann. So lange müssen wir uns verstecken. Klappt es

in Athen nicht, überlegen wir uns, ob wir kämpfen oder einfach abhauen!"
„Ich wäre für Letzteres. Ich gehe nicht ins Gefängnis. Auch nicht bis zu einem Prozess. Ich brauche nur dich. Und wahrscheinlich brauchen wir ein wenig Geld!", antwortete Alex.
„Was glaubst du, was ich in den letzten Tagen gemacht habe? Versteck mit allem ausgerüstet, was man braucht. Geld. Lebensmittel, Internet. Alle Optionen stehen uns offen!"
„Ein Bürgermeister und ein Kommissar zusammen auf der Flucht. Mal was Neues!"
„Zusammen", murmelte Angelos.
„Wenn du mich noch willst", sagte er leise.
Alex glaubte nicht, was er gerade gehört hatte. Warum sollte ich ihn nicht mehr wollen? Ich will überhaupt nichts Anderes auf dieser Welt.
„Was meinst du?"
„Bitte, Alex. Gönn´ mir eine Pause. Ich erkläre dir alles später, wenn wir im Versteck angekommen sind. Jetzt müssen wir auf die Dämmerung warten!"
„Ich verstehe zwar überhaupt nichts mehr, aber können wir wenigstens kuscheln?"
Angelos lächelte.
„Na klar."

Es könnte das letzte Mal sein, dachte Angelos.
Denn ich habe vielleicht eine falsche Entscheidung getroffen.
Aber was blieb mir übrig?

23

Das Handy weckte Angelos. Alex hingegen schlief wie ein Toter. Angelos ging nach vorne und schaute auf den Radarschirm. Nichts zu sehen. Sie waren gut drei Seemeilen abgetrieben worden. Angelos ließ den Motor an. Sie würden gut eine Stunde brauchen bis Mykonos.
Dann würde sich entscheiden, ob Alex bei ihm bleiben würde oder nicht. Wenn ich nur hätte duschen können, dachte Angelos. Das würde es einfacher machen.

Als eine der ersten Maßnahmen als Bürgermeister ließ Angelos überall im Stadtzentrum Kameras anbringen. Die Zahl der Geldbörsen-

und Handtaschendiebstähle ging daraufhin um 50% zurück. Und auch der Hafen wurde komplett mit Kameras bestückt.

„Personal können wir uns nicht leisten, also bleiben uns nur Kameras", hielt er den Kritikern vor.

Nun kam er selbst in die Lage, von Kameras erfasst zu werden, obwohl er am liebsten unentdeckt geblieben wäre. Aber Angelos hatte auch dies bedacht: sämtliche Übertragungen aus dem Hafen ließ er auf sein Notebook übermitteln. Er überwachte sich also selber. Die Gefahr entdeckt zu werden, war gering, denn der Hafenmeister und auch Maria von der Polizei wussten Bescheid. Es war ein Risiko, ja, aber Angelos vertraute beiden.

Er machte die Yacht am westlichen Ende des Piers fest und half Alex von Bord. Sie gingen im Schutz der Dunkelheit zur Rückseite des hintersten Lagerschuppens. Die Türe war offen, wie mit Hafenmeister Janis abgesprochen. Im Inneren stand sie vor einem Berg von Zementsäcken.

„Wieviel von der Insel wollen die denn noch zubetonieren?", knurrte Alex.

„Gott sei Dank viel, sonst hätten wir kein Versteck. Also hoch mit dir, alter Mann", sagte Angelos.

Auf den zweiten Blick erkannte Alex eine Art Treppe aus Zementsäcken, die nach oben führte.

Auf dem „Berg" angelangt, ging Angelos voran, bis zum Ende des Stapels an der hinteren Wand. Alex schaute nach unten und musste lachen. Zwischen den Säcken und der Wand war ein Freiraum von zwei Mal drei Metern. Dort lag eine große Matratze, ein Tisch mit Notebook, zwei Stühle und Lebensmittel für einen mittleren Atombombenabwurf.

„Beim nächsten Krieg halte ich mich an dich. Da hat man wohl die besten Chancen", sagte Alex.

„Es war eine Riesenarbeit und viel Zeit hatte ich nicht. Hoffentlich habe ich nichts vergessen", sagte ein nachdenklicher Angelos. Was ist mit ihm?, fragte sich Alex mit zunehmender Beunruhigung.

24

Angelos kontrollierte die Kameraübertragungen. Optimal platziert. Alles, was von der Straße und von See kam, konnte man sehen.
„Hunger, Großer?", fragte Angelos.
„Wie ein Bär", antwortete Alex.
Angelos schaute die Kartons durch und griff nach einem.
„Eine Mikrowelle?. Hattest du einen Umzugswagen?" Alex lachte.
„Leichter als ein Herd. Und drei Tage ohne warmes Essen? Ochi!" Nein.
Zwanzig Minuten später ging es den Herren Nikakis besser.
„Hier könnte ich länger bleiben. Vor allem, wenn du dabei bist", sagte Alex.
Angelos schaute niedergeschlagen drein.
„Alex, wir müssen reden. Lass uns hinlegen. Die Couch wollte ich doch nicht mitnehmen!"
Alex sagte nichts, aber er hatte eine Gänsehaut. Selten hatte Angelos´ Stimme einen derartigen Unterton.
Als sie auf ihrem provisorischen Bett lagen, begann Alex, Angelos die Brust zu streicheln.
„Alex. Bitte warte. Ich weiß nicht, ob du mich hinterher noch anfassen willst!"
Da begann Alex, richtig Angst zu bekommen.

„Raus damit. Es kann niemals so schlimm sein, dass ich dich nicht mehr will. Da bin ich ziemlich sicher."

Angelos schaute zweifelnd.

„Ich … ich … äh", begann er stammelnd. „Ich wusste, dass die letzte Möglichkeit, dich vor dem Gefängnis zu bewahren, der Transport nach Naxos war."

„Ja. Und irgendwie hast du das ja hingekriegt", sagte Alex, noch immer nichts ahnend.

„Schon, aber der Preis war hoch", sagte Angelos.

„Wieviel hat Kostas verlangt?", fragte Alex.

Angelos zögerte.

„Er wollte kein Geld. Er wollte mich", antwortete Angelos leise.

Alex begriff es zunächst nicht, wollte es nicht begreifen.

„Du hast mit Kostas geschlafen? Oh Gott!" Alex entgleiste das Gesicht.

„Genau dieses Gesicht hatte ich befürchtet. Und ich habe nicht mit ihm geschlafen. Dieses dreckige Schwein hat mich vergewaltigt. Was anderes war das nicht. Ich hatte die Wahl zwischen Pest und Cholera. Entweder landest du im Gefängnis oder du verlässt mich. Es tut mir leid. Ich habe noch immer den widerlichen Gestank in der Nase.

Alex war noch immer gelähmt.

Plötzlich beugte er sich über Angelos und begann, ihm über die Brust zu lecken. Er arbeitete sich von links nach rechts, von oben nach unten.

„Was machst du da?", fragte Angelos. Nun war er derjenige, der vollkommen irritiert war.

„Ich mache meinen Mann sauber, was sonst?", sagte Alex.

„Das brauchst du nicht. Ich habe überall Kostas´ Schweiß, das ist eklig", sagte Angelos und wollte sich aufrichten, aber Alex drückte ihn nieder.

„An dir kann nichts eklig sein, arkoúda mou!"

„Du bist nicht böse? Oder angewidert? Ich hatte keine Zeit nachzudenken. Es musste schnell gehen. Auch wenn die Nacht endlos war und ich bestimmt immer noch blute!"

Alex´ Augen wurden wässrig.

„Wie könnte ich dir böse sein? Du lässt dich freiwillig von diesem Arschloch vergewaltigen. Wegen mir. Und das, obwohl du schon einmal Opfer warst. Mehr kann man für einen anderen Menschen nicht tun!"

„Ich hatte gehofft, dass du es so siehst, sicher war ich mir nicht. Manchmal wünsche ich mir, ich hätte eine fette Warze im Gesicht. Du hättest mich auch damit geheiratet. Aber ich mache mir nichts vor. Es wird die alten Wunden wieder aufreißen. Und du wirst es ausbaden müssen", sagte Angelos.

„Das ist glaube ich ein viel kleineres Übel. Aber du musst zum Arzt!"

Angelos stutzte.

„Du meinst, er hat mich mit irgendwas angesteckt? Daran habe ich noch gar nicht gedacht"

„Nein. Aber André soll dich auf Darmverletzungen untersuchen", meinte Alex.

„Besser, als wenn er dich untersucht", knurrte Angelos und Alex lachte.

„Immer noch eifersüchtig?"

„Nein. Könntest du mich jetzt bitte weiter säubern?"

„Schon dabei!"

25

Was Angelos übersehen hatte, war, dass auch in den Lagerschuppen Kameras angebracht wurden. Und so konnte Abu Bakar alles mitverfolgen, denn er hatte die Server hacken lassen. Wer Drohnen einsetzt, für den ist eine einfache Datenübertragung von einer Kamera nun wirklich kein Problem.

Er sah Alex und Angelos zu. Fasziniert. Es war das erste Mal, dass er Männer beim Sex zusah. In Rakka hätte man beide gesteinigt, aber er musste zugeben, dass es nicht unerotisch war. Die zwei lieben sich wirklich.

Im gleichen Moment fiel ihm siedend heiß ein, dass sich alles im Hafen abspielte. Und in wenigen Augenblicken würde Raschid vorbeifahren und das Kasuar-Opfer im Container entsorgen. Und der stand genau hinter dem Lagerschuppen, indem sich Angelos und Alex versteckten. Der Grund war der gleiche: der Bereich war der abgelegenste. Die Kameras waren nur gefährlich, wenn jemand zusah. Oder nachträglich sichtete, was aber eine Heidenarbeit war.

Schon sah er Raschids SUV vorfahren.

Zu spät, um ihn anzufunken, denn die Hecktüre war schon offen. Raschid verlor keine Zeit und schleppte den Plastiksack zum Container. Abu Bakars Blick galt dem zweiten Monitor. Natürlich. Angelos starrte genau in diesem Moment auf den Bildschirm. Klar, er hatte den Wagen gehört. Verdammt.
Das bedeutet, er hat das Kennzeichen und Raschids Gesicht. Tja, lieber Raschid, dumm gelaufen. Ein solches Sicherheitsrisiko konnte sich Abu Bakar nicht leisten.
Ich glaube es nicht. Die Kameras erfassten zwar nicht den Container mit der Leiche, aber der Zusammenhang war klar.
Himmel. Hätten die nicht noch fünf Minuten weiter****** können?, dachte Bakar.

Im Container hatte Angelos das Autogeräusch gehört und war hochgerumpelt. Auf dem Bildschirm sah er den SUV, eine dunkelhäutige Gestalt – und eine Leiche. Oder besser gesagt: einen länglichen Plastiksack, der an den Stellen Ausbuchtungen aufwies, an denen auch ein Leichensack zu erkennen war.
„Alex! Komm mal!"
„Bitte nicht. Ich will mich nicht bewegen!"
„ALEX!"

Nun erhob sich Alex vom Matratzenlager.
„Was ist denn?"
„Schau hin. Da schleppt jemand eine Leiche hinter den Schuppen!", sagte Angelos und spulte die Aufnahme zurück.
„Dann wollen wir die traute Zweisamkeit zwischen Mörder und Leiche mal stören", sagte Paul.
„Wir können nicht raus. Es gibt noch einen Haftbefehl gegen dich, Alex! Wir können die Aufnahmen nur morgen an Maria schicken. Mit dem Kennzeichen und dem Gesicht wird das kein Fall der Kategorie ‚unlösbar'", sagte Angelos.
„Wann wollte sich Mantzaris denn rühren?"
„Ich denke, es wird übermorgen. So lange musst du es mit mir aushalten!"
Angelos lächelte.
„Na, wenn´s weiter nichts ist. Und was machen wir bis dahin? Ok, ich hab´ verstanden. 48 Stunden? Wenn du dich da mal nicht übernimmst!"
„Zwischendurch gibt´s schon mal eine Pause zum Essen. Ich will ja nicht, dass mein alter Mann umkippt", antwortete Angelos.

26

Am nächsten Morgen telefonierte Angelos mit Maria, der Leiterin der örtlichen Polizei.
Alex lag noch wie tot auf dem Bett. Sex hatte bei beiden komplett unterschiedliche Folgen. Während Alex vor lauter Glückseligkeit in tiefem Schlaf versank, war Angelos nach wenigen Stunden wieder wach und topfit.
„Jassu, Ommorfi mou!" Mein Schöner.
„Wie wäre es mal mit ‚Guten Morgen, Herr Bürgermeister'?", frotzelte Angelos zurück.
Das Verhältnis zur örtlichen Polizei war gut, seit Maria den Posten übernommen hatte.
„Das ist mir zu förmlich. Wie lebt es sich so zwischen Zementsäcken? Bestimmt romantisch. Was macht man denn da den ganzen … Ok, streich die Frage!"
Angelos lachte.
„Neben meinen Pflichten als Ehemann habe ich letzte Nacht zum Beispiel gesehen, wie eine Leiche in den Container hinter dem letzten Schuppen geworfen wurde. Kannst du die abholen und in die Pathologie schaffen lassen? Die Aufnahmen des Täters oder zumindest des Transporteurs schicke ich dir!"

„Gott im Himmel. Selbst zwischen dem Sex gibst du keine Ruhe", antwortete Maria.
„Wird alles erledigt. Es gibt aber noch etwas anderes. Für den Bürgermeister. Seit zwei Tagen rufen hier Bürger an und beschweren sich über kleine Drohnen, die überall auf der Insel herumfliegen!"
„Und worüber beschweren die Leute sich?"
„Sie glauben, der Bürgermeister lässt die Häuser überfliegen, um Schwarzbauten ausfindig zu machen!"
Angelos lachte laut auf.
„Das gibt´s auch nur bei uns. Aber die Idee gefällt mir!"
„Wenn du das machst, würde die Hälfte der Gebäude abgebrochen werden müssen. Das kommt bei Wählern nicht gut an. Halt, ich habe vergessen, dass du nur eine Amtszeit bleibst", sagte Maria.
„Nicht mal das. Von Abbruch ist ja gar nicht die Rede. Aber von Strafbescheiden. Die Kleinen lassen wir laufen, aber bei den Großen kassieren wir ab!"
„Aus dir wird noch ein richtiger Raffzahn!"
„Zum Wohle der Gemeinde", antwortete Angelos.
Damit war das Thema ‚Drohne' erledigt.

27

Nicht hingegen für Abu Bakar. Er hatte das Telefonat natürlich mitgehört. Beim Wort „Drohne" stockte ihm das Blut. Erst der Lapsus mit der Leiche und nun waren auch noch die Drohnenflüge ein Thema. Es war ihm unerklärlich. Die Dinger waren winzig und flogen auf Anweisung nicht unter 150 Meter. Kaum zu erkennen. Am Bestimmungsort, also dem Drogenkunden, sollten sie fast senkrecht fallen, damit kein Nachbar etwas heranschweben sieht. Nicht vertraut mit den griechischen Verhältnissen hatte Abu Bakar nicht damit gerechnet, dass man auf ungewöhnliche Vorgänge um sein Haus herum mit besonderer Wachsamkeit reagiert, wenn der Verdacht besteht, die Behörden könnten einen Schwarzbau entdecken. Im Gegensatz zu früher, als es noch nicht einmal ein Kataster gab, sah der Staat nun genauer hin.
So waren die Drohnen aufgefallen. Obwohl: die Anrufer dachten eben an die Gemeinde als Urheber. Dass die Fluggeräte ein Transportmittel für Drogen waren, darauf kam weder die Polizei, noch Nikakis. Aber irgendwann

würde es ‚klick' machen beim Herrn Kommissar.

Abu Bakar lehnte sich zurück und schloss die Augen. Er musste eine Lösung finden. Alternativlos war die Entsorgung von Raschid. Die zwei Kommissare in ihrem Versteck zu eliminieren – unmöglich. Zwei tote Kommissare und Athen würde anrücken. Der Richterin das Versteck verraten? Zum Verhaften bräuchte es die Polizei und die stand auf der Seite der zwei Ex-Bullen. Logisch.

Also blieb doch nur der ursprüngliche Plan: Einen der beiden Kommissare aus dem Weg zu räumen. Ein toter Polizist würde als „normales" Verbrechen durchgehen. Und natürlich müsste es der gefährlichere der beiden sein. Aber zunächst müsste er die Drohnenflüge einstellen oder, halt, wir machen es anders: wir lassen sie alle nachts in Lia landen, weitab vom Schuss. Von dort mit dem Transporter. Die Gefahr, dass eine der Drohnen mit Ladung in die falschen Hände gerät, ist zu groß.

Und noch ein weiteres Opfer würde es geben müssen: den Kasuar.

Zu Gesicht bekommen hatte das Tier außer Bakar nur Raschid, denn der Vogel saß die meiste Zeit in einer großen Voliere und selbst

bei Auslauf konnte ihn niemand sehen. Der Vorteil eines Berggrundstücks.
Der drohende Verlust des illustren Vogels, der nicht fliegen konnte, schmerzte Bakar. Mehr als der Verlust Raschids. Der Kasuar war eine treue Seele. Und ihm war es egal, dass ich ein entstelltes Gesicht habe oder eine Maske, dachte Bakar. Er fraß mir die Früchte sogar aus der Hand.
Aber ihn als Tötungsinstrument einzusetzen war ein Fehler. Andererseits: wer würde die Verletzungen schon erkennen? Selbst wenn der Vogel Federn verloren hatte, man könnte sie nicht zuordnen. Das überstieg die Fähigkeiten jeder Pathologie.
Gut. Auf dem Plan standen also:
Raschid. Der Vogel. Angelos Nikakis.

28

Es sollte ein guter Tag werden im Versteck der Herren Nikakis im Neuen Hafen der Insel. Oder besser gesagt: der größte Teil des Tages. Was Angelos nicht bedacht hatte, war, dass die Nächte auf Mykonos kühl sein können, besonders dann, wenn der Wind blies. Dann hat die Sonne nicht genügend Kraft, die Dächer aufzuheizen. Da der Lagerschuppen auch nicht als Hotel konzipiert war, zog es durch alle Ritzen.

„Signomi, Großer!" Entschuldige. „Ich bin doch nicht so klug, wie du immer meinst. Ich hätte daran denken müssen, einen Heizstrahler mitzunehmen. Ich bin einfach zu blöd!" Angelos war sichtbar zerknirscht.

„Komm, arkoúda-mou, entspann´ dich. Du hattest anderes zu tun", antwortete Alex.

„Du meinst, mich auf die Nacht mit diesem Widerling vorzubereiten. Das wolltest du doch sagen!"

„Nein, wollte ich nicht. Ich ..äh, ich darf zwar nicht daran denken, weil es mir dann graut, aber es war für dich weitaus schlimmer", sagte Alex beruhigend, wohlwissend, dass diese Nacht mit Kostas bei Angelos einen schweren Schaden hinterlassen würde. Aber dafür würde dieses Dreckschwein bezahlen. Das stand für Alex fest. Nur sagen durfte er es Angelos nicht. Es würde seine private Rache werden. Und nicht seine erste. Denn schon Angelos´ Ex-Freund, der auch nichts anderes als ein Vergewaltiger war, hatte das Diesseits mit Alex´ Nachhilfe verlassen. Das wusste

Angelos zwar, aber er hatte Alex darum gebeten, es als ehemaliger Kommissar zu unterlassen, Menschen mit einer Schrotflinte in einen anderen Aggregatszustand zu versetzen.

Gegen zwölf Uhr kam dann eine Nachricht von Maria. Die Fotos von der Leiche und der erste Obduktionsbericht, der keiner war, denn André, der Pathologe, hatte lediglich „unbekannte Einstiche" vermerkt. Er hatte aber Eftaxias, seinen Kollegen aus Athen gefragt, eine ausgewiesene Koryphäe, und selbst der hatte solche Verletzungen noch nicht gesehen,
Und auch Angelos starrte auf die Fotos und konnte sich nicht ansatzweise einen Reim darauf machen. Messerstiche waren das jedenfalls nicht. Zu rund. Eispickel? Nein. Zu groß. Es sah nach etwas Stumpfem aus, konnte es aber nicht sein, weil laut André die Lunge wie punktiert aussah.
„Alex. Schau dir das mal an. Ich weiß nicht, was ich damit anfangen soll", sagte Angelos. Alex kämpfte sich von der Matratze hoch und sah sich die Bilder an.
„Zoomen, großer Meister", sagte er.

Innerlich grinste Alex. Endlich hatte er einmal einen Wissensvorsprung gegenüber Angelos. Lapidar sagte er: „Tod durch Kasuar!"
Angelos sah Alex an, als wäre er nicht bei Sinnen.
„Was bitte?"
„Ein Kasuar. Neben dem Strauß der größte Vogel der Welt, kann aber nicht fliegen. Grässliches Vieh. Frisst zwar nur Früchte, aber wehe, ein Mensch kommt ihm zu nahe. Dann pickt er dich zu Tode. Der Kasuar ist breiter als ein Strauß."
Mehr aber wusste auch Alex nicht.
„Seit wann bist du Ornithologe? Manchmal erstaunst du mich", meinte Angelos verdattert.
„Weil ich einmal mehr weiß als du", sagte Alex.
„Quatschkopf. Und jetzt raus mit der Sprache. Im Zoo sieht man nicht, was für Wunden ein Tier hinterlässt. Ich höre?"
Alex lachte.
„Wir hatten vor zwei Jahren einen Toten auf der Insel. Ein Kasuar war aus seinem Gehege ausgebrochen und hatte einen Mann angefallen, der seine Einkäufe nach Hause trug. Und oben auf der Tüte waren Ananas.

Das Vieh wurde erschossen und der arme Kerl sah aus wie ein Sieb. Ich wette, an den Wunden sind Federreste. Frag André mal." Angelos schaute fragend.

„Dann war das aber ein Unfall. Und überhaupt: der – wie auch immer – ist wohl kaum ein einheimischer Vogel."

„Nein, aber ein schönes Spielzeug für Reiche zum Aufschneiden. In Kalo Livadi soll es auch zwei Löwen geben", sagte Alex lachend.

„Ich wusste schon immer, dass die ganze Insel nicht ganz dicht ist!" Angelos schüttelte den Kopf.

„Von der du immerhin der Bürgermeister bist. Wie sprichst du denn von deinen Wählern?"

„Die Wahl war auch ein Unfall", sagte Angelos.

„Wir suchen also einen tollwütigen Kasuar. Und wie finden wir den?"

„Gar nicht", dachte Abu Bakar, der dem Gespräch lauschte.

Denn Raschid hatte dem Riesenvogel bereits den Garaus gemacht und ihn bei Fanari vergraben, was zwei Stunden dauerte. Harter Boden, großer Vogel. Sicher kein Vergnügen. Die gleiche Arbeit würde ihm, Abu Bakar, bevorstehen, wenn er Raschid entsorgen

müsste. Werfe nie eine Leiche ins Meer, denn die kommt immer wieder zurück.
Mit Angelos Nikakis würde er keine Arbeit haben. Diese Beerdigung würde dessen Ehemann übernehmen.

Und tatsächlich fanden sich an der Leiche kleine Reste von Federn. Angelos lachte laut, als André vollkommen verblüfft von der Ferndiagnose „Tod durch Kasuar" erfuhr.
„Ist doch nicht schlimm. Lernt man alles durch Erfahrung", sagte Angelos und lächelte breit.
„Alter Angeber", meinte Alex lachend.
„Du weißt, dass ich André gerne etwas hochnehme!"
„Und zum Tausendsten Male: ich will nichts von ihm", sagte Alex.
Denn tatsächlich war Angelos immer noch ein wenig eifersüchtig auf André.
Schadet nicht, dachte Alex.

Am Nachmittag erreichte die wohl beste Nachricht des Monats das Versteck im Hafen. Richter Mantzaris rief an.

„So, Angelos, heute habe ich gute Nachrichten!"

„Gleich Mehrzahl? Da bin ich mal gespannt!"

„Erstens: die Richterin ist Geschichte. Ich habe sie mit etwas Nachdruck befragt. Bevor sie Alex einsperren ließ, bekam sie am Abend vorher Besuch. Von drei dunkelhäutigen Männern. Sie meinte Libanesen oder Ägypter. Sprachen aber gut griechisch."

„Sie wohnt doch im Hotel. Da muss es doch Kameras geben", antwortete Angelos.

„Hotel? Weißt du, was ein Richter am Anfang seiner Laufbahn verdient?"

„Sie wohnt also in einer billigen Pension ohne Kameras. Malaka!"

„Besser ‚wohnte'. Sie ist zurück nach Athen und hat den Vorfall dem Justizministerium gemeldet. Die Männer finden wir ohne Kameraaufnahmen nie. Tja, und deine Richterfreundin wird wohl nach Berg-Mazedonien versetzt", sagte Mantzaris

„Der Himalaya wäre angemessener für diese blöde Ziege", knurrte Angelos.

„Spüre ich da eine gewisse Abneigung gegen Frauen generell oder nur bei dieser?" Angelos lachte.

„Sagen wir es doch einfach so: Männer sind umgänglicher und außerdem fehlen den Frauen gewisse Teile, auf die ich Wert lege!" Nun lachte Mantzaris.

„Das erste unterschreibe ich sofort. Aber jetzt zurück zum Thema, Herr Bürgermeister! Flucht ist in Griechenland nicht strafbar. Weder aus dem Gefängnis, noch auf dem Transport.* Und da der Haftbefehl gegen Alex aufgehoben wurde, spielt es ohnehin keine Rolle. Ermittelt wird aber pro forma weiter, alleine, um die Angehörigen zu beruhigen", erklärte Mantzaris.

Angelos fluchte. Ilithios! Idioten. „Ihr Sohn war ein Bankräuber und Geiselnehmer. Mit einer Waffe!"

„Es war eine Spielzeugwaffe!"

„Was natürlich jeder Polizist sofort erkennen soll. Ist es dann eine echte, dann hat er eben Pech gehabt. Vielleicht sollten Richter mal einen Praxistest absolvieren", knurrte Angelos.

„Na, na, immer langsam. Schließlich hat ein Richter euch aus dem Schlamassel herausgeholt!" Mantzaris wurde zusehends ärgerlich.

„Signomi, Richter. Ich stehe neben mir. Aus bekannten Gründen, Entschuldige! Du hast uns immer geholfen!"
„Und das tue ich auch in Zukunft. Denn jetzt muss ich wieder die Vertretung übernehmen, bis der neue Richter kommt!"
Und das war tatsächlich eine gute Nachricht. Denn wenn die Ermittler und der Richter, der auch als Staatsanwalt fungiert, befreundet sind, geht alles reibungsloser.
So werden Durchsuchungsbeschlüsse grundsätzlich erst im Nachhinein ausgestellt, was in manchen Fällen dazu führte, dass die Vernichtung von Beweismitteln unterblieb.
Nicht ganz rechtsstaatlich, aber effektiv. Und es traf bisher nicht die falschen.
„Und jetzt gib mir bitte Alex!"
Angelos reichte den Hörer weiter.
„Du hast alles gehört?", fragte der Richter.
„Ja – und ich bin dir sehr dankbar", antwortete Alex.
„Ihr könnt jetzt nach Hause. Aber ihr müsst den Fall mit der Vogelleiche klären. Denn ein Unfall war das nicht. Den hätte der Besitzer melden können, ohne dass ihm etwas passieren würde. Beim letzten Vogelangriff war es ja auch so. Hoffentlich rennt das Vieh nicht

frei herum. Und fällt vielleicht sogar noch Touristen an!"

„Was natürlich schlimmer wäre als Einheimische", feixte Alex.

„Du weißt genau, was ich meine. Aber ich will etwas anderes sagen. Du weißt, was Angelos getan hat? Unterstehe dich und mache ihm Vorwürfe. Er braucht deine Hilfe, auch wenn er es nicht sagen wird!"

„Warum sollte ich ihm Vorwürfe machen?"

„Er war sich nicht sicher, wie du reagierst. Er hatte Angst, du verlässt ihn. Was du aber nicht tun würdest, oder?", hakte Mantzaris nach.

„Niemals – und das weißt du!"

29

Kaum zuhause angekommen, brummte schon wieder das Handy.
„Ich hätte in dem Schuppen bleiben sollen", knurrte Angelos.
Es war Maria. Die normale Polizei.
„Hallo, Schöner! Ich weiß, ihr seid gerade erst zur Türe herein, aber das Verbrechen wartet nicht!"
„Sehr witzig, Maria. Was ist denn noch außer der gelochten Leiche?"
„Ich hätte noch im Angebot eine abgestürzte Drohne bei Lia!"
„Seit wann kümmert uns zerschelltes Spielzeug?", fragte Angelos.
„Na ja, neben der Drohne fiel noch ein Kilo Kokain vom Himmel!"

30

„Wir müssen uns unbedingt auch so eine Drohne zulegen", sagte Angelos zu Alex.
„Du hast schon die ganze Insel mit Kameras zugepflastert. Und jetzt will der Herr Bürger-

meister auch noch Big Brother von oben", antwortete Alex.

„Wie sollen wir ohne den Vogel finden? Wir können uns keine 30 Durchsuchungsbeschlüsse für Kalo Livadi holen! Das Vieh war garantiert teuer, also springt es bestimmt in einem Promi-Garten herum!"

Tatsächlich aber war der Vogel schon längst Geschichte.

„Für heute lass es genug sein, Angelos. Auch dein Hirn braucht ab und zu eine Pause!"

Aber Alex wusste, dass Angelos´ Gehirn in dieser Nacht keine Pause haben würde. Die Bilder der Nacht mit Kostas werden ihn quälen, befürchtete Alex. Armer Kerl. Und alles wegen mir.

Und genau so kam es auch. Als Alex gegen drei Uhr aufwachte, war er alleine im Bett. Angelos´ Platz war leer. Alex stand auf und hörte, dass die Dusche lief. Er ging ins Bad und sah Angelos, wie er zusammengekauert auf dem Boden der Dusche saß. Das Wasser prasselte ihm auf den Kopf. Und er heulte Rotz und Wasser.

Alex setzte sich neben Angelos auf die Fliesen und nahm ihn nur in den Arm.

„Wir haben das schon einmal durchgemacht und überstanden, wir schaffen das auch ein zweites Mal. Und das Schwein wird dafür bezahlen!"

Und zwar mit seinem Leben. Diesen Passus aber ließ Alex weg. Als er den zitternden Angelos ansah, wurde er aber auch wütend auf sich selbst. Hätte er dem Bankräuber ins Bein geschossen, wäre all das nicht passiert. Warum er aber einen tödlichen Schuss abgab, konnte Alex auch sich nicht erklären. Hätte er anders gehandelt, würde der junge Kerl noch leben und Angelos hätte seinen Körper nicht verkaufen müssen. Denn nichts anderes war es. Um ihm die Flucht zu ermöglichen, musste sein Mann ... Beim Gedanken an Kostas wurde Alex übel.

Wie mache ich das wieder gut?

31

Derweil saß Abu Bakar wenige hundert Meter entfernt vor seinen Monitoren und fluchte. Dass die eine Drohne samt Kokain ausgerechnet auf die Hauptstraße bei Ano Mera knallen würde, konnte er noch immer nicht fassen. Es hatte keine zehn Sekunden gedauert, bis das erste Auto angehalten und der Fahrer die Polizei verständigt hatte. An eine Bergungsaktion war also nicht zu denken. Beim ersten Absturz hatte er noch Glück. Die Drohne zerschellte weitab vom Schuss bei Foko und Raschid konnte das Kokain bergen. Es waren keine Riesenmengen, denn die Ladelast seiner Drohnen lag bei gerade einmal zwei Kilo. Aber für den Zweck eines kurzen, präzisen Landtransportes waren sie ideal.

Und wie er dem Telefonat zwischen der Polizei und Angelos entnehmen konnte, war sein System nun aufgeflogen – oder besser gesagt: abgestürzt. Drohnenflüge waren nun nicht mehr möglich und natürlich würden die Bullen nun verstärkt Straßenkontrollen machen.

Abu Bakar lehnte sich zurück und sah aus dem Fenster. Eigentlich schade. Mykonos hatte ihm gefallen, seine Kundschaft hatte er sich gut erzogen, aber er wusste auch, dass er sich nach einer neuen Basis umschauen musste. Diesbezüglich machte er sich aber keine Sorgen. Sein Produkt war heiß begehrt und seine Drohnenflotte als Transportmittel unschlagbar.

Doch vor dem Abschied von Mykonos standen noch zwei Punkte auf der To-do-Liste: Das Anwesen zu Geld zu machen.

Und den schwulen Bullen umlegen, bevor der ihm auf die Pelle rücken würde.

Raschid war kein Problem mehr, denn der lag bereits mit einem Kopfschuss im Keller.

32

Die Nacht hatte ihre Spuren hinterlassen im Hause Nikakis. Angelos´ Gesicht war ob des Flashbacks nicht mehr für das nächste „Men´s Health"-Cover zu gebrauchen. Und auch Alex kam nur auf drei Stunden Schlaf. Für Männer im gesetzten Alter von 29 und 35 definitiv zu wenig.

Angelos brummte nur, was Alex – richtigerweise – als „Bitte noch einen Espresso" interpretierte.

„Danke, Alex. Ich wollte dich eigentlich nicht wecken! Du sollst es nicht schon wieder ausbaden!"

„Gelitten hast du ja wohl mehr, also muss ich mich um dich kümmern. Basta!", antwortete Alex.

„Außerdem müssen wir den Mord und die Drogen-Drohne aufklären. Obwohl ich einen Tag im Bett vorziehen würde!"

„Lieber eine ganze Woche. Ich will im Grunde niemand sehen oder hören. Die Leiche kann mich auch mal."

Angelos´ Akku war leer. Ermittler und Bürgermeister gleichzeitig, das ging ein paar Monate gut, doch es kostete mehr Kraft, als

Angelos aufbringen konnte, obwohl jeder meinte, wenn es einer schaffe, dann er.

Aber er war eben nicht der Tausendsassa, für den ihn jeder hielt.

„Oh Gott, mein Mann wird alt", sagte Alex mit einem Grinsen.

„Netter Versuch. Aber selbst für Sex bin ich zu müde. Entschuldige!", knurrte Angelos.

„Kein Problem", sagte Alex, und hoffte, dass es keines werden würde.

„Trotzdem: wir müssen los, Großer. Pathologie und dann müssen wir uns die Drohne anschauen."

„Hast ja recht", meinte Angelos und quälte sich hoch.

Im Nachhinein machte sich Alex Vorwürfe. Er hätte Angelos dalassen und ins Bett schicken sollen. Die Pathologie und die Zeugenbefragung des Drohnenabsturzes hätte er auch alleine machen können.

Hätte.

So verließen beide das Haus, liefen an dem großen Tongefäß mit dem Kaktus vorbei, in Richtung ihres Autos.

Zunächst glaubte Alex ein flirrendes Geräusch zu hören. Bevor er überlegen konnte, was das wohl sei, hörte er, wie Angelos einen kurzen Laut von sich gab und dann nach hinten fiel.

Erst als Alex das Blut sah, begriff er, dass auf sie, oder besser Angelos, geschossen wurde. In Deckung gehen war keine Option für Alex. Er sah, dass sich der Blutfleck auf Angelos´ weißem Shirt schnell vergrößerte. Bauch- oder Leberschuss? Die Frage hatte sich schnell beantwortet: das Blut wurde fast schwarz. Es war die Leber. Überlebenschance zehn Prozent. Bei sofortigem Pressen auf die Wunde hat man zwanzig Minuten. Angelos war bereits ohne Bewusstsein. Mit einer Hand drückte Alex auf Angelos´ Leber, mit der anderen tippte er auf seinem Handy herum.

„Kostas? Ich brauche dich sofort hier in Ornos. Angelos hat einen Leberschuss. Wir müssen ihn sofort nach Athen bringen. Lande auf dem Parkplatz vor unserem Haus. Und bitte beeile dich!"

Nun war Kostas, der Hubschrauberpilot, ein Mann der Tat und fragte nicht lange. Aber selbst Alex war klar, dass die Flugzeit nach Athen gut 30 Minuten betragen würde. Bis dahin wäre Angelos verblutet. Wir brauchen einen Arzt an Bord. Aber nur die Luftrettung aus Athen hatte Ärzte an Bord.

André. Hoffentlich steckt er nicht in einer Operation. Soll der Andere verrecken, dachte Alex. In diesem Fall denke ich nur an mich.

Und André ging tatsächlich ans Telefon.
„André? Hier Alex. Hör einfach nur zu. Angelos ist angeschossen. Oder besser voll getroffen. Leberschuss. Ich presse die Wunde ab und Kostas ist mit dem Hubschrauber unterwegs. Kannst du bitte mit allem, was nötig ist, nach Ornos fahren? Du weißt, dass jede Minute zählt."
Und auch André begriff zum Glück schnell. Er hatte nur eine Frage: „Seine Blutgruppe?"
„AB positiv", antwortete Alex.
„Wie günstig. Schon unterwegs!"
AB positiv bedeutete, dass man Angelos zur Not auch Motoröl hätte verabreichen können, wie er zum Scherz einmal sagte. AB positiv nimmt jede Transfusion an. Alex´ Blutgruppe hingegen war 0 negativ und damit war er Universalspender. Es hilft nur nichts, wenn es zu einem großen Blutverlust kommt.
Alex bemerkte, dass seine Hand vom Abdrücken taub wurde. Er musste wechseln. Genau in dem Moment stöhnte Angelos auf und wurde von Schmerzkrämpfen geschüttelt. Alex konnte fast nicht hinsehen, aber er zwang sich dazu. Vielleicht ist es das letzte Mal, dass ich dieses Gesicht sehe, bevor es in der Pathologie zur Maske erstarrt.

Die pechschwarzen Haare und noch mehr die fast schwarzen Augen. Einfach ein schönes Gesicht. Doch hat es Angelos im Grunde genommen nur Nachteile eingebracht. Entweder wurde er auf sein Aussehen reduziert oder missbraucht. Und das zwei Mal, ohne dass er sich wehren konnte. Darunter einmal wegen mir. Es darf einfach nicht sein.
Wo zum Teufel bleibt Kostas nur? Es kam Alex wie eine Ewigkeit vor – aber es waren gerade 90 Sekunden seit dem Schuss vergangen.
Wer geschossen hat und warum – nichts hätte Alex weniger interessiert. Angelos bäumte sich unter den Schmerzen auf. Ein Lebertreffer gilt als die übelste Schussverletzung hinsichtlich der Pein, die man erleidet. Kopf- und Herztreffer sind zwar letal, aber immerhin schmerzfrei.
Das Blut quoll schwarz aus der Wunde. Bei stärkerem Druck aber stöhnte Angelos auf. „Signomi, entschuldige, agapi-mou, ich muss dir wehtun!"Angelos stieß nur die Worte „Leber" und „Bescheid" aus.
„Wenigstens ... komme ich ... in den Olympiakos-Himmel" Er lachte und hustete zugleich.

Das schließt sich zwar gegenseitig aus, dachte Alex als Fan von Panathinaikos Athen und überhaupt kommst du noch in gar keinen Himmel.

Gleich zu Anfang hatten sich die Herren Nikakis darauf verständigt, das Thema Fußball ganz zu umschiffen, denn die Fanlager stehen sich in abgrundtiefem Hass gegenüber.

Endlich hörte Alex den Hubschrauber und auch das Geplärre des Notarztwagens.

Der große Parkplatz vor ihrem Haus war leer, freier Landepl ... Kaum zu Ende gedacht, fuhren zwei Touristen auf Quads auf den Parkplatz und stellten ihre Fahrzeuge mitten auf den sonst gähnend leeren Platz. Und sie waren unter Garantie die einzigen Quadfahrer auf ganz Mykonos, die Helme trugen und so konnten sie Alex´ wütendes Geschrei nicht hören.

André rannte zu Alex und Angelos.

„Oh, heilige Scheiße!", sagte er.

Vergesst es, dachte er.

„Alex, du musst die Infusion halten!"

„Gib ihm was gegen die Schmerzen, bitte!"

„Geht nicht, sonst bricht der Blutdruck zusammen."

„André" murmelte Angelos, „jetzt wäre Alex frei!" Und er lächelte.

„Vollidiot"

Endlich hatte auch Kostas einen Landeplatz gefunden, direkt am Kite-Surfer-Strand. In deren Hütte würde man noch in zwei Jahren den Sand und Staub in allen Ritzen finden. André und Alex versuchten, Angelos zu schützen, denn der Dreck könnte in der Wunde zu einer Infektion führen, obwohl dies sicher zu den medizinisch weniger dringlichen Punkten gehörte.

André lief zum Hubschrauber, um Kostas beim Tragen der Bahre zu helfen.

Beim Umlagern stöhnte Angelos mehrmals auf. Alex konnte André nicht ins Gesicht sehen, denn darin konnte man lesen, dass wenig Hoffnung bestand.

Über das Headset sagte Alex:

„Bitte, André. Ich weiß, du magst ihn nicht, aber ich kann nicht ohne ihn. Also versuch´ alles und sei es noch so aussichtslos!"

„Ich mag ihn schon, nur er mich nicht. Aber für einen Arzt spielt das keine Rolle", antwortete André.

Da kannte ich aber schon andere, dachte Alex. Andrés Vorgänger als Chefarzt in der Klinik war ein skrupelloser Mörder. Aber Dank Alex nicht mehr unter den Lebenden.

33

Fassungslos starrte Abu Bakar auf den Monitor und das Bild, das seine Drohne vom Schauplatz des Geschehens lieferte.

Er hatte in und um Rakka 72 Einsätze als Scharfschütze. Und 72 Treffer. Es genügte jeweils ein Schuss. Zunächst dachte er, dass er dazu, nach dem Verlust des einen Auges, nicht mehr in der Lage sein würde.

Er hatte trainiert. Und war so hartnäckig, dass er sein ursprüngliches Niveau wieder erreicht hatte.

Das war wohl ein Irrtum, dachte Abu Bakar. Es war aber keiner. Zwar hatte er den kräftigen Wind mit einkalkuliert. Aber der Parkplatz von Ornos dürfte für jeden Scharfschützen ein Horror-Tatort sein. Denn hier verwirbeln die Winde, wenn sie auf Land und insbesonders die erste Häuserreihe treffen, in der auch Alex´ und Angelos´ Domizil lag.

Nicht umsonst haben die Kiter gerade hier ihr Lager aufgeschlagen. Des Einen Freud´ ist des Scharfschützen Leid.

 Dennoch: es war zwar nicht der geplante Schuss ins Herz, aber an der Farbe des Blutes konnte Abu Bakar klar erkennen, dass er Angelos Nikakis einen Leberschuss verpasst hatte. Und der war fast so tödlich wie ein Herztreffer. Ein zweiter Schuss war daher nicht vonnöten, zumal der andere Bulle dann eventuell den Standort des Schützen erkennen oder zumindest ahnen könnte.

Abgesehen davon würde der Witwer jeden Lebensmut verlieren – wenn man dem Gerede der Insulaner Glauben schenken konnte. Und sollte er sich dennoch berappeln: bis dahin werde ich längst weg sein, dachte Abu Bakar.

Schade, ich habe hier gutes Geld verdient (was eine gelinde Untertreibung war). Aber das Liefersystem mit Kleindrohnen funktioniert unter Garantie auch andernorts. Mühselig und enervierend würde es nur, seine zukünftigen Kunden und Mitarbeiter auf Linie zu bringen, sprich: einzuschüchtern.

Vielleicht sollte ich die CDs von Mykonos verwenden.

Die eine mit dem Hai.

Die andere mit dem Riesenvogel.

Ein Problem hatte Abu Bakar jedoch noch vor sich. Die Villa. Verkaufen würde zu lange dauern. Außerdem fände man eventuell noch Spuren: von Opfer, Vogel und dann wäre da noch das Kokain.

Bei einer derartig kniffligen Sachlage verbleibt immer eine Lösung. Die Warmsanierung. Und sie hätte noch einen zusätzlichen Vorteil: Die Leiche Raschids würde gleich mitbeseitigt. Zwar würde man trotz der verkohlten Überreste – Abu Bakar hatte in Rakka genügend Brandopfer gesehen – die Kugel finden, oder besser gesagt das Loch im Schädel, aber ob man eine Brandleiche obduzieren würde, noch dazu auf dieser kleinen Insel. Da hatte er seine Zweifel. Unter keinen Umständen dürfte er einen Brandbeschleuniger verwenden, denn diese kann man selbst in einem vollkommen heruntergebrannten Haus nachweisen. Abu Bakar benötigte einen Zimmerbrand. Ein Plastikgefäß auf dem Herd, daneben die Geschirrtücher und dann die Gardinen. Eine Art Schnitzeljagd für das Feuer. Da die Villa hoch versichert war, insbesondere die Inneneinrichtung, würde er auch hier einen guten Schnitt machen. Die Versicherung hatte zwar einen Gutachter zur Überprüfung geschickt, aber der hatte die Gegenstände nur auf Echtheit überprüft und fotografiert. Die Kaufbelege jedoch waren von einem russischen Händler ausgestellt worden, der bei Nachfrage die Echtheit bestätigen würde. Schließlich wurde er genau

dafür bezahlt. Die grotesk teuren Möbel gingen nach der Inspektion umgehend zurück.
So macht man das, dachte Abu Bakar und ging in die Küche.

34

Nulllinie. Exitus.
In Athen übergab sich Alex auf dem Balkon des Universitätsklinikums im neunten Stock. Er hatte mit ansehen müssen, wie Angelos zwei Mal mit dem Defibrillator traktiert wurde. Ohne Reaktion. Erst die dritte Anwendung brachte die erhoffte Wende.
Er war wieder am Leben – zumindest für den Moment.
Während des Fluges hatte André, immer dann, wenn es Angelos´ Zustand erlaubte, den Arm um Alex gelegt, um ihn zu trösten. Doch Alex war in einem Paralleluniversum, in dem es kein Leben gab. Ich kann nicht ohne

ihn, dachte Alex. Nicht das Alleinsein erschreckte ihn, sondern das „Ohne-Angelos-Sein". Hunderte von Bildern gingen ihm durch den Kopf. Von seinem Stottern beim Kennenlernen bis hin zu Angelos´ Faustschlag in sein Gesicht. Den ich aber verdient hatte, dachte Alex. Oh ja, es war eine glückliche Zeit, ohne irgendeine Irritation, außer an diesem einen Tag, für den ich mich noch immer schäme. Blindes Verständnis. Ihm fiel auf, dass er schon in der Vergangenheitsform dachte. Es kann nicht sein.

Er spürte eine Hand auf seinem Rücken. Alex hatte nicht mitbekommen, dass André durch die Türe auf den Balkon gekommen war.

„Das würde Angelos nicht gefallen", sagte er und deutete auf die Zigarette in Alex´ Hand. Gleichzeitig zog André selbst ein Päckchen Gauloises aus der Hosentasche. Alex bemerkte, dass auch bei André die Hände zitterten.

„Ich befürchte, ich rauche in Zukunft alleine", sagte Alex.

„Zur Not rauche ich dann mit dir", antwortete André und bemerkte erst hinterher, was er gesagt hatte.

„Oh Gott, entschuldige. Ich hatte es ganz anders gemeint!"

„Schon gut. In so einer Situation kann man nur falsche Dinge sagen. Ich weiß nicht, wie es weitergehen soll, ohne ihn. Ja, ich habe vorher auch ohne ihn gelebt, aber erst mit ihm gemerkt, wie sinnentleert alles war. Das ist der Unterschied zu jetzt. Ich habe das Andere, das Schöne erlebt. Zurück zu vorher? Nein. Undenkbar!"

„Erstens denkt jeder das Gleiche, dessen Partner in Lebensgefahr schwebt. Und zweitens: noch lebt Angelos", sagte André, obwohl er sich keineswegs sicher war.

„Ich habe übrigens Mantzaris verständigt, dass er Angelos als Bürgermeister vertreten muss!"

„Danke, das hatte ich ganz vergessen", antwortete Alex, obwohl *das* ihm momentan vollkommen egal war.

Die Tür ging erneut auf und der Chefarzt kam auf den Balkon. Erstaunlicherweise zog auch er eine Schachtel Zigaretten aus der Tasche des weißen Kittels. Der Gesichtsausdruck verhieß nichts Gutes.

Er nahm einen tiefen Zug und sagte:

„Die Aorta ist vollkommen zerfetzt und der größte Teil der Leber. Die Blutung haben wir stoppen können und einen Bypass gelegt. Aber die Restleber ist zu klein und es gibt leider keine analoge Maschine wie bei Herz und Lunge. Er liegt jetzt in Analgodisierung auf Intensiv."

„Anal..was?", fragte Alex.

„Künstliches Koma - für Laien. Obwohl es mit Koma nichts zu tun hat", erklärte André.

„Danke, Herr Kollege", sagte der Athener Chefarzt.

„Dann wissen Sie ja auch, was meine Aussagen bedeuten, oder?"

André zögerte, es auszusprechen.

„Dass nur eine Transplantation Angelos retten kann. Wobei Transplantation bei der Leber der falsche Ausdruck ist. Es wird nur ein Teil der Leber entnommen. Sowohl beim Spender als auch beim Empfänger wächst die Leber dann nach. Das einzige Organ, dass sich so verhält. Man braucht also keinen Toten.

Doch leider: nicht jeder Spender ist geeignet!"

„Ist denn keine Leber verfügbar?", fragte Alex.

Der Chefarzt schüttelte den Kopf.

„Können Sie vergessen. Selbst wenn Eurotransplant ihn weit nach oben setzt, dauert es Tage. Und die haben wir nicht."

35

Angelos hörte: nichts. Absolute Stille. Und er sah sich selbst, auf der Bahre liegend. Eine Menge Menschen standen um ihn herum und wirkten geschäftig.

Was Angelos erstaunte: er sah sich aus einer erhöhten Position, als stünde er auf einer Leiter. Wohl kein gutes Zeichen.

Besonders gut sehe ich nicht aus, dachte er. Ziemlich bleich und die Haare durcheinander. Und zu lang. Ich muss dringend zum Friseur. Blond wäre doch mal was anderes.

Er konnte durch das Fenster sogar Alex sehen, doch der reagierte nicht auf sein Winken.

Auch André stand neben seiner Bahre. Wehe, du machst Alex an, dachte Angelos.

Plötzlich bemerkte er einen Ruck und er verlor seine erhöhte Position. Eine starke Kraft zog ihn nach unten und er befand sich wieder auf der Bahre.

Er blickte in mehrere Gesichter, die besorgt auf ihn hinabschauten. Ein Piepsen war zu hören.

„Endlich. Ich dachte schon, wir verlieren ihn. Sofort in den OP!"

Gute Idee, dachte Angelos. Und macht bloß keine hässliche Narbe, ich bin eitel.

36

„Aber ich habe Blutgruppe Null und Angelos AB", sagte Alex.
„Ich habe auch Null. Aber das alleine genügt nicht", meinte André. „andererseits haben wir wohl keine andere Wahl. Herr Kollege, als erstes brauchen wir Laborwerte von uns beiden!"
Alex schaute André überrascht an.
„Du willst Organspender für Angelos werden?"
„'Wollen' ist übertrieben, aber die Chancen sind doppelt so hoch, wenn sich zwei testen lassen, oder?", antwortete er.
„Herr Kollege. Bei allem Respekt für Ihre Bereitschaft. Sie wissen genau, dass es ein Risiko für Sie darstellt. Und es auch nur geht, wenn die Werte alle in Ordnung sind", warf der Athener Chefarzt ein.
André nickte.
„Wollen wir? Viel Zeit haben wir ja nicht gerade!"

22 Minuten später erschien der Chefarzt in dem Krankenzimmer, in das Alex und André in Windeseile verfrachtet worden waren.
„Herr Nikakis, Sie können wir vergessen. Sie haben erhöhte Leukos und einen zu hohen CRP. Heißt: Sie haben irgendeine Infektion, der wir auf den Grund gehen müssen. Die gute Nachricht: bei Ihnen, Herr Kollege, könnte es funktionieren. Es passt soweit alles. Aber ich muss Sie darauf hinweisen, dass …"
„Wie Sie so schön sagten. Ich bin Ihr Kollege, ich weiß Bescheid", antwortete André.
„Sie müssen dennoch …"
„ …die ganzen Erklärungen unterschreiben. Her damit und dann fangen wir bitte an, sonst überlege ich es mir anders!"
Der Chefarzt verließ eilig das Zimmer.
„André. Ich bin dir sehr dankbar", sagte Alex leise.
„Ich bin der Einzige, der verfügbar ist, also was bleibt mir übrig? Aber wehe, Angelos ist hinterher wieder unfreundlich zu mir oder traktiert mich noch einmal mit einer Signaltröte!" André lachte.
Oh ja, das war wirklich fies damals, dachte Alex. Aber Angelos war tierisch eifersüchtig und wollte sich an André rächen.
Nun sollte dieser André Angelos´ Leben retten.

Ob es überhaupt funktionieren würde?
Die Angst schnürte Alex die Kehle zu.
Und er zog sich die Bettdecke über den Kopf.
Ich will weg hier.
Was tue ich nur die nächsten Stunden? Mich zerreißt es vor Angst und Ungeduld. Alex stand auf und ging nach draußen.
Die erste Zigarette. Es sollten noch zwölf folgen.

37

Alex war richtig übel. Zigarette vierzehn brannte noch nicht richtig, da kam der Chefarzt ins Zimmer und ging schnurstracks in Richtung Balkon. Er sah erschöpft aus und hatte dem Geruch nach auch heftig geschwitzt. Der erste Zug glich dem eines Erstickenden im Sauerstoffzelt.
Alex zerriss es fast.
„Alles soweit gut. Zumindest bei Herrn Silva. Bei Ihrem Mann heißt es jetzt warten. Es tut mir leid, aber es kann jederzeit zu einer Abstoßreaktion kommen. Oder zu einer Infektion. Für Jubel ist es viel zu früh."

„Kann ich wenigstens zu ihm?"
„Nein. Die Infektionsgefahr ist zu groß. Ihre Entzündungswerte sind zu hoch und das Risiko will ich nicht eingehen. Sie sicher auch nicht!"
„Natürlich nicht", antwortete Alex, der einfach nur irgendetwas tun wollte, außer sich zu Tode zu rauchen.
„Kann ich wenigstens zu André?"
Der Chefarzt drückte seine Zigarette aus und nickte.
„Er liegt noch im Aufwachraum!"
„Dann kann ich zumindest einem das Händchen halten", sagte Alex mit gequältem Lächeln.

38

Als André aus der Narkose erwachte und sich wieder sortiert hatte, sagte Alex:
„Guten Morgen. Espresso? Oder besser: schwarze Plörre?"
André schüttelte den Oberkörper, um die Lethargie abzustreifen, schrie aber gleich auf.

Er hatte vergessen, dass er frisch operiert war.
„Ja, bitte. Hauptsache, etwas Koffein. Herrgott, wie soll ich denn mit den Schläuchen und dem Katheter rauchen gehen?"
Alex lachte.
„Du spinnst. Gerade aus der Narkose aufwachen und Rauchen wollen."
„Die Infusion mache ich weg und den Katheterbeutel hältst gefälligst du!
Und André stand tatsächlich auf und stolperte unsicher zum Balkon. Nach dem ersten Zug geriet er richtig ins Schwanken.
„Und das als Arzt", knurrte Alex, der den Urinbeutel mit zwei Fingern weit vom Körper hielt.
„Nun stell dich nicht so. Wenn wir miteinander geschlafen hätten …"
„Stopp! Bitte nicht weiter!", sagte Alex.
„Aber ich danke dir. Auch wenn keiner weiß, wie es ausgeht, ohne dich wäre Angelos schon tot!"
„Schon in Ordnung. Aber wehe, er wird nicht pflegeleicht oder ärgert mich – dann will ich meine Leber zurück!"
André grinste.
„Aber Alex, was hast du jetzt vor? Es wird Tage dauern, bis sich entscheidet, ob die Transplantation erfolgreich war. Du kannst nicht

zwei Wochen an Angelos´ Bett sitzen, zumal er wahrscheinlich nichts mitbekommt.
Ach ja: darfst du ja gar nicht wegen deiner Infektion. Oh herrje, dann muss ich seine Hand halten. Der kriegt den Schreck seines Lebens, wenn er mich dort sitzen sieht!"
„Und was soll ich deiner Meinung nach tun?"
„Fliege zurück nach Mykonos. Finde den Täter, denn: wer weiß schon, ob er es nicht noch einmal versucht? Und dann fährst du dort in der Klinik vorbei. Die pumpen dich mit Antibiotika voll, dass du in ein paar Tagen zu Angelos kannst, ohne ihn umzubringen! Ich rufe dort an!"
Alex schaute André – zum wiederholten Male - verwundert an.
„Schau nicht so. Du kannst im Moment nicht richtig denken, also muss dir jemand sagen, was zu tun ist. Und nimm das Antibiotikum zuverlässig ein!"
Alex nickte.
„Ich glaube, ich habe dich falsch eingeschätzt!"
„Zusammen mit deinem Mann und mir selbst, sind wir dann schon zu Dritt!"

39

Es gibt Tage, an denen weiß man am Abend nicht mehr, was man tagsüber getan hat oder wo man überhaupt war. So erging es Alexandros Nikakis, der von Athen nach Mykonos geflogen war und nun vor seinem, nein, ihrem Haus in Ornos stand.
Noch vor 24 Stunden war die Welt in Ordnung und nun schien sie in Trümmern zu liegen.
Er ging zu der Stelle auf dem geschotterten Platz, an der Angelos getroffen wurde. Die Blutlache war nicht mehr zu sehen. Kostas. Er hatte den blutverschmierten Schotter entfernt. Alex sah an sich herunter und stellte – zum ersten Mal – fest, dass er noch immer die blutbefleckte Kleidung trug. Aha, dachte er, das erklärt die seltsamen Blicke am Security-Check und im Flieger. Mit was bin ich eigentlich geflogen? Er kramte den zerknüllten Boarding-Pass aus der Tasche hervor. Volotea.
Ich muss jetzt da hinein. Alex stand vor der Türe und wusste nicht, ob er es in dem Haus ertragen würde. Er hatte zwar vor Angelos auch schon alleine dort gelebt, aber er konnte sich eine Rückkehr in diese trüben

Zeiten nicht mehr vorstellen. Nach Angelos´ Tod weitermachen? Warum? Sollte er sich umbringen? Aber Alex war noch zu verwirrt, um sich jetzt darüber Gedanken zu machen. Und zum ersten Mal seit dem Schuss verspürte er aufkommende Wut. Dafür hatte er bisher schlicht keine Zeit gehabt. Er hatte nur den einen Gedanken: Angelos muss überleben. Nun aber, da er außer Warten nichts tun konnte, würde er sich demjenigen widmen, der ihm sein Herz herausgerissen hatte.
Der Mörder würde bezahlen und zwar nicht mit Gefängnis, sondern mit dem Leben. Und er, Alex, würde ihm größtmögliche Schmerzen zufügen. Niemand würde es ihm verübeln, nicht auf dieser Insel.
Es kostete Alex viel Überwindung, den Schlüssel nach rechts zu drehen. Beim Betreten des Hauses glaubte er, Angelos´ Geruch wahrzunehmen. Den leichten Pfirsichgeruch, der zu dem Spitznamen „mein kleiner Pfirsich" geführt hatte.
Er lächelte, als er daran dachte, wie sich sein Ehemann immer über diesen Kosenamen aufgeregt hatte.
Als Alex die Küche betrat, ging es los. Beim Bedienen der Espresso-Maschine fingen seine Hände an, heftig zu zittern.

Ihm wurde schwindlig und dann sackten ihm die Beine weg.

40

Als Erstes sah Alex das Gesicht von Richter Mantzaris. Daneben das von Maria, der Leiterin der Polizei. Beide erschreckend nah. Was wollen die beiden von mir? Was ist passiert?
„Er wacht auf", sagte Mantzaris. „Komm, Alex, wir helfen dir auf!"
Der Richter und Maria bugsierten Alex zum Küchentisch.
„Maria, mach´ uns bitte einen Espresso", meinte Mantzaris. Na klar, die Frau ist für Kaffeekochen zuständig, dachte Maria. Aber den aufkommenden Unmut unterdrückte sie. Der Richter war eine andere Generation und außerdem sah Alex wirklich nicht gut aus. Sie mochte ihren früheren Chef. Noch mehr mochte sie Angelos, in den sie wohl ein wenig verschossen war, wie Alex schon öfters gedacht hatte.

„Fragt mich jetzt bitte nicht, wie es mir geht. Angelos schwebt irgendwo zwischen Leben und Tod und das Warten macht mich verrückt."

„Ich habe gehört, dass André ihm das Leben gerettet hat. Zumindest fürs Erste. Das finde ich mehr als nobel, wenn man bedenkt, wie schlecht Angelos ihn meist behandelt hat", bemerkte Maria.

„Angelos war nur eifersüchtig. Aber du hast recht: es war mehr als nobel und nicht ungefährlich. Sollte Angelos überleben, werde ich André auf ewig dankbar sein", antwortete Alex.

„Und damit du eben nicht verrückt wirst, haben wir dir etwas Arbeit mitgebracht", sagte Mantzaris. Entgeistert schaute Alex den Richter an.

„Seid ihr noch bei Trost? Und wenn der Papst auf der Insel ermordet worden wäre: es interessiert mich nicht", knurrte Alex. Mantzaris lächelte.

„Würde Angelos das genauso sehen?"

Nein. Würde er nicht, dachte Alex. Außerdem hatte der Richter recht. Alles, nur nicht tagelang hier sitzen und grübeln.

„Also: was soll ich tun, ihr Nervensägen!"

„Wir haben eine Leiche. Oder zumindest Teile davon. Angespült in der Nähe des Leuchtturms, auf einem der Riffs. Bei der Bergung wäre das Boot der Wasserschutzpolizei beinahe untergegangen", sagte Maria.

„Das wäre kein Fehler gewesen. Dann wäre Kostas dort, wo er hingehört", brummte Alex. Maria schaute ihn fragend an.

„Wie auch immer. Die Leiche wies Bissspuren von einem Hai auf!"

„Und? Was schwimmt der Trottel soweit raus? Jeder Idiot weiß, dass es in der Ägäis Haie gibt. Vor allem, seit das Wasser immer wärmer wird", sagte Alex.

„Ich glaube nicht, dass ‚der Trottel' geschwommen ist. Ihm wurde wohl vorher ein Arm abgehackt. Damit schwimmt es sich bekanntlich schlecht", stichelte Maria.

Na super, dachte Alex. Die Kasuar-Leiche im Hafen, das Attentat auf Angelos und jetzt noch ein Toter, an dem nicht mehr alles dran ist. Das wäre schon zu zweit ein ordentliches Pensum. Aber ich bin alleine.

„Sind die Reste noch obduzierbar?"

Denn eine Spurensicherung ist bei angespülten Leichen witzlos und außerdem auf einem Felsenriff mehr als nur gefährlich.

„Ja. Da André ja nicht da ist, habe ich die Leiche nach Athen zu Eftaxias bringen lassen", sagte Maria.
Gut, dann kann ich selbst in die Pathologie, wenn ich Angelos besuche!"
Wenn man ihn noch besuchen kann.

41

An Schlaf war nicht zu denken. Das Angebot von Richter Mantzaris, bei ihm zu nächtigen, hatte Alex dankend abgelehnt. Einerseits wusste er, dass er in Gesellschaft weniger grübeln würde, andererseits fühlte er sich zuhause Angelos näher. In jedem Zimmer sah er in Gedanken seinen Ehemann. Aber im Schlafzimmer im Bett liegen – das konnte er nicht. Er legte sich auf die Couch – und war innerhalb weniger Sekunden weg. Zu groß war die Anspannung und der körperliche Stress. Dennoch war der Schlaf alles andere als gut. Die Bilder in seinem Kopf wechselten ständig. Der blutende Angelos, der lachende Angelos und dann der nackte Angelos. Als Alex aufwachte, hatte er eine Erektion und schämte sich dafür. „Geschlechtsdepp", sagte er zu sich selbst. Es bedurfte einer enormen Kraftanstrengung, sich in die Küche zu quälen, aber auch der Espresso weckte seine Lebensgeister nicht. Es schien so, als hätte Alex jeden Antrieb verloren.
Reiß dich zusammen, noch lebt er, murmelte er vor sich hin. Und du musst etwas tun, sonst wirst du wahnsinnig. Er zog sich an, verließ das Haus und setzte sich in einen ihrer SUVs. Was

hatte er gewettert, als Angelos darauf bestand, diese „Monstren" zu kaufen, wie Alex die Fahrzeuge immer nannte. Doch im Nachhinein musste ihm Alex recht geben. Für Ermittlungen auf einer Insel mit vielen unzugänglichen Stellen und üblen Straßen waren die Geländewagen die beste Wahl.
Was für einen Sinn aber in Großstädten wie Athen SUVs machen, blieb Alex ein Rätsel.
Er fuhr schnell am Stadion und dem Parkplatz vorbei, um nicht wieder die Bilder vom niedergeschossenen Angelos vor Augen zu haben und bog halblinks ab, auf die Umgehungsstraße, witzigerweise ‚periferico' genannt. Als Angelos auf die Insel kam, hatte er sich fast totgelacht. Die richtige „Périphérique" rund um Paris war zehnspurig und in gutem Zustand.
„Das ist ein Umgehungsfeldweg mit Treppen", sagte er – zu Recht. Der Zustand der Straßen auf der Insel wurde immer schlimmer, trotz des Geldes, das die Touristen auf Mykonos ausgeben – die Steuern gehen fast alle nach Athen. Und so verfällt alles zusehends.
Am Ende des steilen Anstiegs fuhr Alex auf das linke Bankett und stieg aus.
Er blickte vom Berg hinunter zu ihrem Haus. Freier Blick. Freies Schussfeld.

Angelos war von vorne getroffen worden und stand mit dem Vorderkörper genau in Richtung Umgehungsstraße.
Allerdings: kein Attentäter oder Profikiller würde von einer stark befahrenen Straße aus schießen. Die Entfernung von 800 m aber würde passen.
Er drehte sich um zur anderen Straßenseite. Felsen.
Und weiter oben die Häuser von Ober-Ornos. Der Schütze musste dort gestanden haben.
Erst dann fielen Alex zwei Dinge auf: die Straße war nass, obwohl es nicht geregnet hatte. Und es roch verbrannt.
Noch bevor er sich nähere Gedanken machen konnte, brummte sein Handy. Zitternd zog er aus der Tasche.
Erleichterung. Es war Maria.

42

„Hallo, Alex! Wie war die Nacht?"
„Welche Nacht? Hätte ich durchgesoffen, ginge es mir besser. Aber danke der Nachfrage", antwortete Alex, zum Schluss hin sanfter. Maria war das falsche Opfer seines Zorns oder Schmerzes.
„Was hast du denn heute im Angebot? Eine frittierte Ehefrau?"
„Nein. Einen Großbrand mit Leiche!", sagte Maria.
„Und? Ich habe zwei Mordfälle und einen Mordversuch. Das ist eine Angelegenheit der Feuerwehr und der Versicherung!"
„Leider nicht. Die Leiche hat ein Loch im Kopf", meinte Maria süffisant.
Alex fluchte unflätig.
„Unterwegs zu Eftaxias? Und wo bitte?"
„Frage 1: ja. Frage 2: in deiner Nachbarschaft, in Ober-Ornos."
„Dann weiß ich, wo. Ich stehe gerade im Löschwasser. Ich melde mich später!"
Alex steckte das Handy weg, als es wieder zu brummen begann.

43

Angelos wachte auf. Oder nein. Das Gehirn fuhr wieder hoch, aber die neurologische Verbindung zu den Augen funktionierte noch nicht.
Er spürte, dass ihm jemand die Hand hält. Ein Gefühl der Wärme durchströmte ihn.
„Alex!"
„Äh, nein, ich bin´s, André."
Es dauerte mehrere Augenblicke, bis die Worte auf Angelos Festplatte ankamen, aber sie waren so verwirrend, dass ein Impuls durch seine Synapsen fegte und er die Augen öffnete.
„AUA!", schrie er, nachdem er ruckartig nach oben geschossen war.
„Dann bin ich also in der Hölle gelandet und du warst der Sensenmann!"
André lachte laut.
„Immer noch der Alte. Aber keine Sorge, Alex ist noch jungfräulich, also, was mich betrifft. Und ohne mich wärst du tatsächlich in der Hölle gelandet!"
„Wie meinst du das? Was ist passiert?"
„Nun, du hast ein Teil von mir verpasst bekommen!"
Angelos riss die Augen auf.

„Wie bitte? Du hast was mit mir gemacht?"
Wieder lachte André.
„Nein. Beruhige dich. Ich erzähle dir alles, wenn du mir versprichst, dass du schön ruhig liegen bleibst. Vergiss nicht, dass ich Arzt bin!"
„Ein Arzt, der verheiratete Männer schamlos anbaggert", knurrte Angelos.
„Du bist doch nur sauer, weil mir Alex besser gefällt als du. Und jetzt halt endlich die Klappe!"
Und Angelos hielt die Klappe. An manchen Stellen schaute er ungläubig. Er kann sich tatsächlich an nichts erinnern, dachte André. Vielleicht gut so.
„So, das wäre die ganze Geschichte. Aber das ist keine Kleinigkeit. Es ist noch nicht vorbei. Und vergiss das ‚Am Wochenende gehe ich nach Hause'!"
„Mir schon klar, dass du das sagst. Du fährst zurück und knabberst in der Zwischenzeit meinen Gatten an", sagte Angelos.
„Idiot"
„Ja, der bin ich. Es tut mir leid, dass ich mich dir gegenüber so aufgeführt habe. Ich, äh, .."
„Schon gut. Du warst eifersüchtig. Und du hast dich gerächt. Den abgetrennten Kopf und die Tröte werde ich nie vergessen", antwortete André.

Angelos musste wieder lachen und bereute es sofort.

„Aua!"

„Tja, und mit der Narbe ist der Titel ‚Schönster Mann der Insel' wohl weg."

„Mist! Aber es reicht noch für ‚Schönstes Gesicht der Insel'!" und Angelos grinste.

„Jetzt sollten wir Alex anrufen. Er hat Höllenqualen gelitten. Nicht mal ich konnte ihn trösten!"

„Was für Alex spricht!"

„Dir geht es schon wieder viel zu gut!"

Sie lachten beide und Angelos griff zum Handy.

44

„Herrgott, Maria, was ist denn noch?", raunzte Alex.

„Maria? Bist du innerhalb von drei Tagen hetero geworden?", sagte Angelos.

„AGAPI MOU!" brüllte Alex in sein Handy. Mein Schatz.

„Herrje. Operation überlebt, aber das Trommelfell zerfetzt", kam es von Angelos zurück.

„Wie geht es dir?"

„Na ja. Ich bin noch ziemlich schlapp. Es ginge mir besser, wenn ich nicht wüsste, dass ich noch hierbleiben muss, während der Möchte-gern-Doktor zurückfliegt und ihr dann auf derselben Insel seid!"

„Angelos, André hat dir das Leben ..."

Angelos unterbrach Alex.

„Weiß ich doch. Ist doch nur Spaß!"

In diesem Moment nahm André Angelos das Handy weg.

„Sag mal, Alex. Wie war die Abmachung? Wenn ich die Leber spende, bekomme ich als Belohnung eine heiße Nacht mit dir?"

„WAAAS? Aua!", rief Angelos, bevor er merkte, dass er André auf den Leim gegangen war.

Alex hingegen lachte und war überglücklich.

„Wann kommst du?", fragte Angelos.
„In Lichtgeschwindigkeit. Muss nur noch vorher zwei Leichen begutachten!"
„Was bitte?"
„Eine mit abgehacktem Arm und jetzt ein Brandopfer mit Kopfschuss, hinzu kommt noch die Leiche vom Hafen und dein Attentäter. Ich überlege, ob ich in Athen um Hilfe bitte und dann eine Soko übernimmt", schlug Alex vor. Er erzählte Angelos Genaueres von den zusätzlichen Fällen, obwohl er noch keine Obduktionsberichte hatte.
„Einen Teufel wirst du! Wir brauchen Athen nicht! Wie sieht denn das aus? Du bringst alles hierher mit!"
„Du bist doch gerade erst ope ...", doch weiter kam Alex nicht.
„Alex. Mach einfach, was ich dir sage!"
Wieder nahm André Angelos das Handy ab.
„Sag mal, Alex. Willst du diesen Diktator wirklich zurück? Da wäre ich pflegeleichter!"
Dann traf ihn ein Infusionsbeutel im Gesicht.

45

Abu Bakar saß in einem Ledersessel auf seinem Fischerboot, das in Wahrheit eine veritable Yacht war. Er schaute auf den großen Bildschirm.
Zu sehen waren die noch rauchenden Reste seiner Villa auf Mykonos. Der Brand hatte sich anders entwickelt, als von ihm geplant, denn das Schlafzimmer mit Raschids Leiche lag nicht im Zentrum des Feuers. Leider hatte er sich in einem Punkt verrechnet. Die Feuerwehr war viel schneller da als kalkuliert und noch dazu war es – kaum fassbar – ein hochmodernes Löschfahrzeug. Bakar hatte eher mit einem Lattenwagen und mehreren Eimern gerechnet.
Deswegen musste er schneller als vorgesehen das Anwesen verlassen, ohne Korrekturen vornehmen zu können.
Er hatte ein Problem: ist die Leiche nicht komplett verbrannt, und das war sie sicher nicht, so würde man das Loch im Schädel eventuell finden. Er vertraute auf die südländische Laxheit. Die entschied auch darüber, ob die Versicherung bezahlen würde. Mit einer Mordleiche: unwahrscheinlich.

Früher hätte er an dieser Stelle sein Vertrauen in Allah gesetzt, aber davon war er kuriert. Abwarten. Beobachten. Zuhören, besser: Abhören. Von den Ereignissen im Klinikum Athen wusste Abu Bakar nichts. Es gab nur ein Telefonat zwischen Alex und Maria, indem sie ihn fragte, wie denn die Nacht verlaufen sei. Kein Beileid.

Also muss Angelos überlebt haben. Mit einem Lebertreffer? Kaum zu glauben. Aber es würde nur eine Frage von Tagen sein.

Dennoch: seine Selbstzufriedenheit begann in den folgenden Stunden erheblich zu schrumpfen. Einige mitgehörte Telefonate brachten Abu Bakar auf den neuesten Stand. Die Haileiche war identifiziert. Mist. Dann die Nachricht, dass Angelos die Transplantation überlebt hat.

Der erste Schuss in Abu Bakars Leben, der nicht letal gewesen war. Das kratzte sehr an seinem Selbstbewusstsein.

Es wäre alles noch erträglich gewesen, wenn er nicht ein weiteres Telefongespräch mitgehört hätte. Ein Rechtsanwalt meldete sich bei der Polizei und bat um einen Termin. Er habe im Namen eines Mandanten einige Dinge zu übergeben. Und der Name des Mandanten sei Raschid Mansoor.

46

Alex hatte jegliches Interesse an abgebrannten Häusern und Leichen – egal ob verkohlt, angefressen oder amputiert – verloren.
Er wollte nur Eines: so schnell wie möglich nach Athen. Angelos hat es überlebt. Und damit geht auch mein Leben weiter. Auf dem gesamten Flug von Mykonos nach Athen pfiff er vor sich hin, sehr zum Unmut der holländischen Touristin, die neben ihm saß.
Und so vergaß er auch, dass er an sich unbedingt zuerst in der Pathologie hätte vorbeischauen müssen. Doch er überstand die Taxifahrt zur Klinik nur mit größtmöglicher Selbstbeherrschung. Er stürmte in die Intensivstation, doch da war vorläufig Endstation. André und eine Schwester versperrten ihm den Weg.
„Wohin des Weges, schöner Mann? Hast du deine Antibiotika genommen? Und lüg´ mich ja nicht an. Du bringst sonst Angelos in Gefahr", sagte André.
„Vergessen", antwortete Alex und ließ die Schulter hängen. Fünf Meter. Fünf Meter trennen mich von Angelos.
„Dann bitte hier hinein, Alex!"
André schob ihn in ein Zimmer.

„So. Dann bekommst du jetzt Antibiotika per Infusion. Danach machen wir ein Labor und wenn Leukos und CRP in Ordnung sind, darfst du zu deinem Traumprinzen! Du hättest ihn fast verloren, da kommt es jetzt auf eine Stunde mehr auch nicht an. Du bist richtig süchtig nach ihm, oder?"
Alex kamen die Tränen. Und er nickte.
„Ja, André, so ist es wohl!"
„Gott weiß, warum. Er sieht ja ganz gut aus, ist aber ein Rüpel. Gut, vielleicht ist er ja gut im Bett. Apropos: *das* fällt die nächsten zwei Wochen ganz aus. Die Wunde darf sich unter gar keinen Umständen öffnen! Also lass deine Finger von ihm. In der Zwischenzeit könntest du ja bei mir …"
Alex lachte lauthals.
„Danke, André, für alles. Du hast nicht nur ihm geholfen, sondern auch mir!"
André nahm Alex´ Kopf in die Hände und küsste ihn auf die Stirn.
„Gern geschehen, schöner Mann!"

47

„Guten Morgen, agapi mou!"
„Hallo, Alex", sagte ein noch müder und schlapper Angelos.
„Entschuldige, ich hatte eine schlechte Nacht. Ich würde dir gerne um den Hals fallen, aber …"
„Lass mal. Noch ist es nicht überstanden", antwortete Alex.
„Aber küssen darfst du mich doch, oder?" Angelos lächelte.
„Klar. Und ich kann es nicht erwarten!"
Gott habe ich das vermisst. Nein, ich glaubte, ich erlebe es nie mehr, dachte Alex.
„Gestern habe ich noch gedacht, ich könnte sofort nach Hause. Aber die Nacht war übel", sagte Angelos.
„Was sagen die Ärzte?"
„Dass es nun mal keine Blinddarmoperation war. Und ich sehr vorsichtig sein muss!"
Alex grinste.
„Heißt, beim Sex legst du dich einfach hin und ich darf die ganze Arbeit machen!"
„Dafür hast du den schönsten Mann der Insel im Bett!"
Beide lachten, aber Angelos schrie auf.

„Verflucht, ich vergesse immer, dass ich nicht lachen oder husten soll!"

„Quatsch. Lachen ist gut für die Gesundheit", sagte Alex.

„Nun hast du erstmal einen Pflegefall zuhause!"

„Besser als einen Sarg!"

„Aua", presste ein lachender Angelos heraus.

„Wenn du so weitermachst, muss ich nochmal genäht werden. Was macht meine Insel?"

„Deine Insel? Ich lach´ mich tot. Die ersten Monate hast du nur gelästert…"

„Da war ich noch nicht Bürgermeister. Wenn auch im Moment ein lädierter", antwortete Angelos.

„Aber noch immer ein schöner!"

„Du weißt noch immer, was ich hören will. Aua!"

„Dabei war ich gestern richtig fleißig, Alex."

Alex schaute ungläubig. Wie kann man auf einer Intensivstation fleißig sein? Gut, seit heute liegt er auf einer Normalstation, aber …, dachte Alex.

„Was meinst du?"

„Ich habe mit Eftaxias telefoniert!"

„Oh Gott. Das habe ich ganz vergessen, vor …"

„ …lauter Eile und Sorge", vollendete Angelos den Satz.

„Jetzt hör zu. Die Pathologie hat die Identität des Hai- und Hackopfers festgestellt. Er heißt Dimitrios Fortunas, Barbesitzer am Fabrika-Platz. Nicht ganz unbescholten."

„Stimmt. Ich hatte ihn mal wegen Drogenhandel im Visier. Aber die Menge, die wir gefunden haben, war zu gering", erinnerte sich Alex.

„Aber wie hat Eftaxias …"

„Ganz einfach. Ich habe Maria am Anfang als Bürgermeister gesagt, dass von allen, die länger als 48 Stunden vermisst werden, die Zahn- oder Haarbürste besorgt wird."

Wodurch man sofort die DNA vergleichen kann und nicht erst alle Familien abklappern muss. Man spart Zeit, zum wichtigsten Zeitpunkt, nämlich innerhalb der ersten 72 Stunden nach der Tat. Gut, nicht im Falle von Fortunas, denn der lag schon länger im Wasser.

„Das Kasuar-Opfer ist Ioannis Kalafatis, Betreiber eines privaten Paketzustell-Unternehmens. Maria lässt gerade die zwei Fahrzeuge auf Drogenspuren untersuchen und den zweiten Fahrer vernehmen. Dabei hat jeder vermutet, er wäre mit seiner Geliebten durchgebrannt.

Seine Frau war auch nicht sehr betroffen, wie Maria meinte.
Was guckst du so entgeistert?"
„Weil du vom Krankenbett aus mehr zustande bringst als ich."
„Fang jetzt bitte nicht wieder mit der alten Leier an. Bitte!"
Die alte Leier war, dass Angelos der eindeutig bessere Ermittler war, wie Alex aber auch immer unumwunden zugab.
„Schon in Ordnung. Ich bin ja froh. Mir war es schlicht zu viel. Toller Kommissar", meinte Alex zerknirscht.
„Unsinn. Du hast mich fast verloren. Und da wir zusammengehören, hat dir der Gedanke den Teppich unter den Füßen weggezogen. Mir wäre es genauso ergangen."
Was stimmte. Der coole Angelos war nur ein Schutzmechanismus.
„Kann ich jetzt weitermachen?", fragte Angelos.
„Das war noch nicht alles?" Angelos lächelte.
„Der dritte Tote, also der von vorgestern, war Raschid Mansoor!"
„Moment mal. Der ist gerade 36 Stunden tot. Es gibt noch kein Obduktionsergebnis. Woher weißt du, wer er war? Das wird mir langsam

unheimlich, ich will kein Medium und kein Orakel als Mann"

„Ich wäre doch ein hübsches Orakel, oder?"

„Ich muss dich aber jetzt nicht mit ‚Bürgermeister und Allwissender' ansprechen?"

„Aua! Hör auf mich zum Lachen zu bringen!"

„Entschuldige. Also bitte: mach mich endgültig fertig. Mein Selbstwertgefühl ist schon auf null."

„Aha. Der Bürgermeister und schönste Mann der Insel liebt *dich*. Soviel zu deinem Wert!"

Angelos war sichtlich verschnupft.

„Kapiert. Sorry. Du kennst mich. Manchmal …"

„Schon in Ordnung. Und entspann´ dich. Bei Maria hat sich ein Rechtsanwalt gemeldet. Sokrates. Er habe einen Mandanten, den er noch nie gesehen hat. Kontakt nur über Email, war aber kein Problem, denn der Kunde hat ein gutes Honorar gezahlt und das im Voraus!"

Alex nickte. Er kannte Sokrates. Skrupellos. Geldgierig. Kein moralischer Kompass. Ein typischer Vertreter seiner Zunft.

„Sein Mandant fürchtete um sein Leben. Er würde alle zwei Tage auf Facebook ein Lebenszeichen von sich geben. Bliebe das Zeichen aus, sollte der Anwalt der Polizei ein Kuvert übergeben, welches am selben Tag in

Sokrates´ Briefkasten lag. Und dann blieb das Zeichen aus und der Herr Anwalt ging zur Polizei. Maria hat nicht schlecht gestaunt. Und zu deiner Beruhigung: sie hat zuerst versucht, dich zu erreichen, aber du warst wahrscheinlich schon unterwegs. In dem Kuvert befanden sich Fotos von Kokainlieferungen und kleinen Drohnen, einem Kasuar und ein Blatt Papier mit einigen Erklärungen. Raschid hat seinem Chef wohl nicht sehr vertraut, nicht ganz zu Unrecht. Das Kuvert rettete ihm zwar nicht das Leben, aber die Rache an seinem Boss – die bekommt er!"
„Alle Morde und auch der Anschlag auf dich: alles war Raschids Boss´ Werk? Dazu noch die seltsame Drohne mit dem Kokain?", fragte Alex ungläubig.
Angelos grinste.
„Drei Morde, ein Mordversuch und ein Drogenvertriebssystem – alles auf einen Schlag geklärt. Und ein gefährlicher Vogel ist auch tot. Ermittlerherz, was willst du mehr?"
„Und wer bitte ist oder war nun der Chef?"
„Und gleichzeitig der Besitzer der ominösen Villa, in deren Garten die Spusi heute Morgen große Vogelfedern gefunden hat? Giorgios Petrisidis. Aber das war nicht sein richtiger Name. In Wahrheit heißt er Abu Bakar! Und du

kennst ihn sogar. Weißt du noch, als wir im ‚Da Vinci' saßen und uns gegenüber ein Mann, der eine halbe Gesichtsmaske trug? Laut Raschid war Bakar als Kämpfer beim IS und in einem Gefecht wurde ihm das halbe Gesicht weggebrannt. Ein Monster, aber eben nicht nur optisch! Nun lächle doch mal!", sagte Angelos. „Den Fall habe nicht ich geklärt, sondern Raschid. Obwohl der sicher an den Morden beteiligt war!"

„Mir schwirrt der Kopf. Ich möchte nur noch auf ‚reset' drücken", antwortete ein müder Alex.

„Dann leg dich doch einfach zu mir ins Bett", sagte Angelos und schlug die Decke zurück. Als Alex vorsichtig den Kopf auf Angelos´ Brust legte und dessen streichelnde Hand spürte, fiel die Anspannung der letzten Tage endlich ab.

„Gott, habe ich das vermisst", murmelte Alex.
„Ich weiß, ich auch. Alles wird gut!"
„Bevor ich einschlafe: wo ist dieser Abu Bakar jetzt?"
Angelos griff zu seinem Handy.
„37°21'36.5"N 25°24'02.3"E!"
„Was bitte?"
Angelos lachte.

„Seine GPS-Daten. Oder besser: die seines Bootes. Er fährt Richtung Süden. Legt er in einem griechischen Hafen an oder auf Zypern, kriegen wir ihn. Fährt er nach Syrien oder sonst wohin: Pech gehabt!"

„Und warum wissen wir, wo er ist?"

„Weil der famose Raschid einen Sender im Boot und in seinem Brief die Daten für das Tracking hinterlassen hat", antwortete Angelos.

Der ist weg, dachte Alex. Aber eine Rechnung ist noch offen: Kostas.

Und der würde ihm nicht entkommen.

48

Abu Bakar stand am Steuerrad und raste mit seinem Boot durch die Ägäis Richtung Süden. Er würde nicht so dumm sein, in einem griechischen Hafen anzulegen.

Es war alles mehr als ärgerlich. Aber ein halbes Gesicht bedeutet, dass man schon viel Schlimmeres erlebt hat.

Neuanfang. Na und? Es wäre nicht sein erster. Und am nötigen Startkapital wird es mir nicht fehlen, dachte er. Zu einträglich waren seine bisherigen Geschäfte. Und das ließe sich andernorts nach demselben Schema wiederaufbauen.

Raschid. Er könnte sich ohrfeigen. Er, der nie jemandem vertraute, hatte sich eine offene Flanke geleistet. Abu Bakar hatte Raschid fürstlich entlohnt und der hatte es ihm mit Verrat gedankt.

Als Bakar das Telefonat zwischen der Polizei und Angelos mithörte, indem Maria die Informationen des Anwalts, die der von Raschid bekommen hatte, weitergab, war Abu Bakar klar, dass alles, wirklich alles, aufgeflogen war und ihm nur Minuten blieben, um das Weite zu suchen.

Ich habe kapitale Fehler begangen.
Mitarbeiter würden in Zukunft nur noch Satellitentelefone ohne Fotofunktion bekommen und ich muss sie überwachen. Nicht nur Lieferanten und Kunden. Und sie würden jeweils nur Bruchstücke an Informationen über das Unternehmen erhalten.
Eine „rechte Hand" würde er sich nicht mehr leisten. Verlassen kann man sich nur auf sich selbst.
Ich bin entkommen und kann neu beginnen. Immerhin. An Raschid kann ich mich nicht mehr rächen.
Aber an dem Arschloch von Kommissar. Das nächste Mal würde er zwei Mal schießen. Dann wäre Angelos Nikakis Geschichte.
Ich kann warten, dachte Abu Bakar und gab Gas.

49

Was soll ich da?, dachte sich Kapitän Kostas von der Wasserschutzpolizei Naxos.

Man hatte ihm telefonisch mitgeteilt, dass man auf Renia eine Leiche vermute. Die Polizei Mykonos habe aber keine Kräfte verfügbar wegen eines schweren Verkehrsunfalls, bei dem vier Mann im Einsatz waren. Deswegen musste Naxos einspringen und nachsehen bzw. die Fundstelle absichern. Gegen wen?, fragte sich Kostas. Renia ist unbewohnt.

Er erreichte die Insel, die direkt vor Mykonos lag und machte das Boot an dem kleinen Steg fest. Unbesiedelt war es stockdunkel. Wie soll ich hier eine Leiche finden? Kostas seufzte. Mit der Taschenlampe arbeitete er sich langsam vorwärts.

„Hallo, Kostas!"

Kostas erschrak bis ins Mark und ließ die Lampe fallen.

„Verflucht, Alex. Bist du verrückt? Und was machst du hier, ich dachte, ihr seid alle im Einsatz?"

„Bin ich auch!"

„Und wo ist nun die Leiche?"

Kostas begriff noch immer nichts.

Der Hellste ist er nicht, dachte Alex.

„Geduld, Kostas. Gleich bekommst du deine Leiche!"

Als Kostas endlich begriff, war es zu spät. Alex hatte Angelos´ Glock in der Hand.

„Du elendes Dreckschwein. Du hast Angelos vergewaltigt!"

Kostas lachte.

„Von wegen. Erstens hat er es freiwillig getan, damit du nicht ins Gefängnis kommst und dann war es ganz normaler Sex!"

„Angelos hat mir etwas anderes erzählt und ich glaube eher meinem Mann als einem Vergewaltiger!"

Und Alex schoss. Mitten in die Weichteile. Kostas schrie auf und stürzte.

„Deine nächste Vergewaltigung findet in der Hölle statt", sagte Alex und verpasste Kostas den finalen Schuss – in den Kopf.

50

Alex saß in der Küche und genoss seinen Espresso.
„ALEX", hörte er Angelos rufen.
Er weiß es.
Als Alex das Schlafzimmer betrat, traf ihn Angelos´ missbilligender Blick.
„Hör dir das an: ‚Auf Renia wurde die Leiche eines hochrangigen Offiziers der Wasserschutzpolizei Naxos gefunden. Da die Leiche Schusswunden im Unterleib und am Schädel aufwies, geht die Polizei von einem Mord aus. Möglich sei eine Beziehungstat!' Möchtest du mir etwas sagen?"
„Er wäre niemals verurteilt worden. Keine Beweise, keine Zeugen. Er war ein Schwein und Vergewaltiger!"
„Das mag alles sein. Und als Opfer sage ich dir: du kannst dich nicht über das Gesetz stellen. Schon gar nicht als Polizist!"
„Ehemaliger!"
„Keine Wortklauberei, Herr Nikakis. Du wolltest mich rächen. Aber was passiert, wenn man dich erwischt?"
„Wer soll mich denn erwischen? Zuständig für die Ermittlungen sind wir!"
Alex grinste.

„Aber ich will keinen Mörder als Ehemann", sagte Angelos.
„Ich bin kein Mörder, sondern eine Art …"
Alex fehlte der richtige Ausdruck.
„Müllmann", ergänzte Angelos.
„Ja!"
„Lass es in Zukunft. Und jetzt komm her und verwöhne deinen Gatten. Ich kann ja noch nicht!"
„Mit Vergnügen!"

Mykonos Crime 10

ABSEITS – Tod im Stadion

Im Stadion von Mykonos wird die Leiche eines Mannes gefunden. Da der Mann Fan von Olympiakos Piräus war, geraten alle Anhänger des Konkurrenzvereins Panathinaikos Athen in Verdacht. Die Indizien lassen zunächst keine andere These zu und der Hass zwischen beiden Lagern ist tatsächlich so groß, dass auch ein Mord im Bereich des Möglichen liegt.
Doch als Kommissar Angelos Nikakis in die Welt der Spielervermittler eintaucht, stellt er fest, dass es um ganz andere Dinge ging: um Menschenhandel, Pädophilie und natürlich eine Menge Geld!"

Erscheint am 31.07.2019

Paul Katsitis – Die Bestie von Mykonos

Zwei Kriminalbeamte, Alexandros und Angelos, quittieren den Dienst und eröffnen gemeinsam auf Mykonos eine Bar. Nebenher betreiben sie eine kleine Privat-Detektei. Da die Polizei chronisch unterbesetzt ist, werden Alex und Angelos – wegen ihrer Erfahrung - regelmäßig hinzugezogen.
Mykonos ist in Aufruhr. Offensichtlich foltert, vergewaltigt und tötet ein Mann junge Touristen. Um ihn zu stellen, bleibt nichts anderes übrig, als dass Angelos den Lockvogel spielt – mit furchtbaren Konsequenzen ...

Paul Katsitis – Sturm über Mykonos

Über Mykonos tobt der schwerste Sturm seit Jahren. Eine Fähre kentert. Angelos ist unter den Rettern, wird aber nach dem Einsatz selbst vermisst.
Für zusätzliche Aufregung sorgen zwei Ölfässer, die an Land gespült werden. In ihnen liegen die zerstückelten Leichen von zwei griechischen Soldaten.

Paul Katsitis – Rache

Im Kloster Ano Mera auf Mykonos wird ein Priester tot aufgefunden, dessen Leiche übel zugerichtet ist. Es sieht nach einem Rachemord aus – doch wofür?

Paul Katsitis - Hass

Es ist ein besonderer Fall für die beiden Ermittler Alex und Angelos Nikakis. Die Leiche eines jungen Mannes wird in den Dünen gefunden. Am und im Körper des Toten findet sich die DNA von Angelos.
Er wird verhaftet. Zuerst geschockt von der Möglichkeit, dass Angelos Es ist ein besonderer Fall für die beiden ihn betrogen hat, beschließt Alex, den Beweisen nicht zu glauben.
Und hat Recht. Hinter allem steht nur eines: HASS.

Paul Katsitis – Inzest

Ein Bräutigam, der sich am Tag der Hochzeit vom Balkon stürzt und eine Mädchenleiche in einer Wagenpresse. Zwei Fälle für die beiden Ex-Kommissare Alex und Angelos Nikakis Zwei Fälle, die sich nach und nach aufeinander zu bewegen.

Paul Katsitis – Der-Drei-Sterne-Mord

Im besten Restaurant der Insel wird der Chefkoch, ehemals Leibkoch Gaddafis, mit durchschnittener Kehle aufgefunden. Ein schwieriger Fall für Alex und Angelos, zumal die eigene Familie mit beteiligt ist. Der Fall erfährt eine erstaunliche Wendung, als die beiden Ermittler erfahren, dass der britische Außenminister Mykonos besucht – auf dem Landsitz des griechischen Premierministers.

Paul Katsitis - Tattoo

Zwei Highlights stehen auf dem Programm des Wochenendes: ein hochdotiertes Beachvolleyball-Turnier und die Eröffnung der ersten Spielbank auf der Insel.
Nicht ins Programm passen zwei Tote: ein 19-jähriger Junge und einer der Beachvolleyballspieler. An dessen „natürlichem Tod" haben die Ermittler Alex und Angelos so ihre Zweifel.

Paul Katsitis – Skalpell

Am Strand von Ornos wird eine Frauenleiche gefunden. Es ist die Tochter des Bürgermeisters. Der Leiche fehlen Nieren und Leber.
Doch es geht bei der Mordserie nicht nur um Organe, wie die beiden Ermittler Alexandros und Angelos Nikakis bald feststellen. Es existiert ein komplexes Netzwerk, das verschiedene kriminelle Felder abdeckt, und so mancher Inselbewohner ist darin verstrickt.

Weitere Mykonos-Bücher

MYKONOS LOVE STORY 1
Von Michael Markaris

Die brennende Gestalt taumelte und fiel mit einem Zischen zu Boden. Ein letztes Stöhnen und es war vorbei. Kommissar Paul Pandis steht vor einem Rätsel. Ein gewöhnlicher Buschbrand entpuppt sich als Doppelmord.
Doch Pandis hat noch ein Problem:
Er hat sich verliebt. In seinen Kollegen Angelos. Ein Coming-Out mit 53!
Sein Leben wird zur Achterbahn, aber auch zur glücklichsten Zeit seines Lebens.

MYKONOS LOVE STORY 2
Das Goldene Ei

High Society wie die Kunstwelt blicken nach Mykonos. Ein bisher verschollen geglaubtes Zaren-Ei soll auf der Insel ausgestellt werden.
Ein Sicherheits-Alptraum für Kommissar Paul Pandis.
Dennoch: zumindest keine Mordermittlung.

Zunächst.
Dann wird auf einer Yacht eine weibliche Leiche gefunden.
Es ist Pandis´ Ex-Frau.
Und die war zuvor wenig begeistert davon, dass Pandis nun mit einem Mann verheiratet ist

MYKONOS LOVE STORY 3
Morgenröte über Mykonos

Kommissar Pandis und die ganze Insel sind fassungslos angesichts zweier brutaler Morde. Die Spur führt ihn zur „Goldenen Morgenröte", einer rechten Splitterpartei. Und für Pandis und seinen jungen Ehemann Angelos wird es richtig gefährlich, denn als Schwule sind sie das „Hassobjekt No.1!"

MYKONOS LOVE STORY 4
Mykonos Speed

Kommissar Paul Pandis und Ehemann Angelos halten es zunächst für einen Verkehrsunfall. Das Unangenehme: Das Opfer ist der Sohn des Bürgermeisters. Doch der Wagen war gestohlen. Und es Ist beileibe nicht der erste verschwundene Ferrari auf der Luxus-Insel.

Und eine weitere schwere Prüfung steht Pandis bevor: Angelos´ Eltern kommen zu Besuch.

MYKONOS LOVE STORY 5
Rape

Angelos ertappt Paul bei einem vermeintlichen Seitensprung – ausgerechnet mit seinem Bruder Christos – und verlässt Paul.
Als sich herausstellt, dass sie Opfer einer Intrige wurden, wird Angelos´ Bruder tot aufgefunden.

Und Angelos wird als mutmaßlicher Mörder verhaftet. Ein sehr persönlicher Fall für Kommissar Paul Markaris, (früher Pandis), in dessen Verlauf er selber zum Opfer wird – einer Vergewaltigung.

MYKONOS LOVE STORY 6
Der rosa Leopard

Die beiden schwulen Ermittler Alex und Angelos nehmen die ersten Anzeichen nicht ernst. Doch als immer mehr Partygäste auf Mykonos Opfer einer neuen Superdroge werden, kommen sie den Händlern schnell auf die Spur. Problem: Es sind Libyer von unvorstellbarer Brutalität.
Zuvor muss das Ehepaar Markaris noch eine weit schlimmere Klippe meistern: nach einem Einsatz in Athen - bei einer Geiselnahme -begeht Angelos einen Seitensprung – mit einer Frau. Das große Glück scheint vorbei.

MYKONOS LOVE STORY 7
Fortsetzung des „Rosa Leoparden"

RÜCKKEHR DER LEOPARDEN

Noch immer sind Paul und Angelos, die beiden schwulen Ermittler aus Mykonos, hinter den libyschen Drogenhändlern her, die die Insel mit einer neuen Substanz überschwemmen. Und mit Folterdrohungen ganz Mykonos in Angst und Schrecken versetzen.
Doch dann wird Angelos entführt und gefoltert.

Als sich Paul auf die Suche begeben will, geschieht auf Mykonos ein Mord auf einem Kreuzfahrtschiff.
Was hat Priorität für Kommissar Markaris?
Natürlich sein Mann …

MYKONOS LOVE STORY 8
Crash – Absturz!

Beim Landeanflug auf Mykonos zerschellt ein Airbus. Ein Horror für Kommissar Alex Markaris und seinen Ehemann Angelos, denn wie sollen zwei Ermittler und drei Inselpolizisten eine solche Katastrophe bewältigen? Zumal im Laufe der Untersuchungen klar wird: es war kein Unfall.

Auch privat geht es bei den beiden turbulent zu: Angelos stürzt – Verdacht auf Schädel-Hirn-Trauma.

MYKONOS LOVE STORY 9
Der tote Pelikan

Auf Mykonos ist man entsetzt: das Maskottchen der Insel – der Pelikan Petros – wurde massakriert. Als Alex und Angelos, die beiden schwulen Ermittler, den Täter aufspüren, hat dieser sich schon erhängt. Es ist der 17-jährige Enkel des örtlichen Richters, der kurz zuvor Angelos seine Liebe gestand.
Als hätte Alex damit nicht schon genug am Hals: er hat auch noch Geburtstag und wird 54. Aber sein Ehemann, 28, zieht alle Register, um es keinen Trauertag werden zu lassen.

MYKONOS LOVE STORY 10
Photià-Feuer

Vor einem Beachclub findet man den Kopf des Friedhofsgärtners von Mykonos.
Leicht zu transportieren, denkt Kommissar Alex Markaris. Andererseits: wenig zu obduzieren.
Und dieser Mord kommt Markaris äußerst ungelegen. Denn zwei Tage, nachdem er und sein Mann Angelos in ihr gemeinsames Haus eingezogen waren, brannte es ab. Angelos wäre beinahe ums Leben gekommen. Und: es war Brandstiftung!

MYKONOS LOVE STORY 11
Der tote Archäologe

Paul und Angelos verschlägt es bei diesem Fall auf die historische Nachbarinsel Delos. Dort wird ein

Archäologe erschlagen aufgefunden. Doch was ist der Grund dafür? Ein spektakulärer Fund? Als sich die Ermittler an die Täter herantasten, wird auch noch Angelos´ Mutter entführt.

JENSEITS VON MYKONOS

von Sven M. Schlick

Es war vorbei.
Seine Füße begannen zu versagen.

Immer wieder Wasser. Salzwasser. Es rann die Speiseröhre hinunter und brannte im Magen.
Sehen konnte er auch nicht mehr viel. Das Salz brannte auch in den Augen.
Er merkte, dass er immer öfter unterging.
Wer hat mich verraten? WER?
Dann kam die Erkenntnis: Es ist egal. Denn Du bist tot.

Kommissar Paul Pandis steht ratlos in einer Kunstgalerie. Auf einer Skulptur, einem blauen Stier, hängt eine Leiche, der Galeriebesitzer.

Hinweise

Hauptstadt der Kykladen ist Ermoupolis auf Syros, obwohl Naxos die größte Insel ist.

OPKE ist die Spezialeinheit der griechischen Polizei.
In Griechenland unterstehen Polizei und Geheimdienst dem Militär.

In Griechenland feiert man i.d.R. nicht den Geburtstag, sondern eher den Namenstag.

Nach griechischem Recht ist die Flucht aus dem Gefängnis oder beim Transport nicht strafbar (ähnlich in Österreich).